LA CITÉ DES ASSASSINS

SÉRIE L'AVENTURIER DES ÉTOILES

Nº 1 — LES VENTS DE GATH
Nº 2 — LA PLANÈTE DE LA MORT
Nº 3 — L'HOMME-JOUET
Nº 4 — LA SORCIÈRE DE L'ESPACE
Nº 5 — LE BOUFFON DE BALAFRE
Nº 6 — MAUSOLÉE GALACTIQUE
Nº 7 — COMPLOT SUR TECHNOS
Nº 8 — LE VAISSEAU DU PASSÉ
Nº 9 — LES PRISONNIERS DU MIRAGE

E. C. TUBB

L'AVENTURIER DES ETOILES

LA CITÉ DES ASSASSINS

Traduit de l'anglais par
E. C. L. MEISTERMANN

PLON

Titre original : Jondelle

ISBN 2-259-01816-5

CHAPITRE PREMIER

Akon Batik était un vieillard au visage couturé et aux yeux bridés mouchetés de paillettes d'ambre. Il avait des oreilles dépourvues de lobe, collées contre son crâne arrondi, et une bouche mince tombante, comme s'il avait dégusté l'univers et l'avait trouvé insipide. Il portait une robe brodée noire et jaune, dont les larges manches recouvraient presque toute la main. Une calotte ronde assortie était rehaussée par un joyau unique qui captait la lumière et la reflétait en échardes de rubis chatoyant. Il mélangea nonchalamment le tas de cristaux posés devant lui sur le bureau en bois sculpté. Son doigt était mince, crochu, l'ongle long et pointu. A son contact, les cristaux émirent un froissement sec en se déplaçant sur la feuille de papier.

— D'Estale ?

— Oui, répondit Dumarest. D'Estale.

— Un monde rude, fit le joaillier, songeur. Une planète désolée bien peu recommandable en dehors des chantiers d'exploitation qui produisent sa richesse. Une unique veine de lérade où l'on trouve les cristaux de chorismite. (Il les toucha encore et les regarda bouger, les yeux dans le lointain.) Je croyais que la Compagnie qui exploite cette mine était jalouse de son monopole ?

— En effet.

— Et pourtant vous en possédez une vingtaine.

C'était davantage une question qu'une affirmation, mais Dumarest n'avait nullement l'intention d'y répondre. Il se carra dans son fauteuil et considéra de nouveau les murs lambrissés, le plafond décoré de peintures et les tapis de prix sur le plancher. Des lanternes diffusaient un éclairage indirect jaune, doux, agréable, apaisant et évoquant la chaleur et le confort. Il était difficile de se rappeler que cette pièce était située à l'intérieur d'une forteresse de pierre, et plus difficile encore de garder à l'esprit que toutes les défenses ne se trouvaient pas à l'extérieur. Il existait sans doute des gardes, certainement des systèmes de protection électronique, des moyens de tuer et de secourir si le besoin s'en faisait jour. Akon Batik n'avait pas vieilli dans ce métier en négligeant les précautions élémentaires.

— Pourquoi me les avez-vous apportées ? demanda-t-il.

— Vous avez une réputation certaine, répondit Dumarest. Vous achetez ce qu'on vous offre. Bien entendu, si les cristaux ne vous intéressent pas, je ne vous ferai pas davantage perdre votre temps.

— Ai-je dit cela ? (L'ongle allongé toucha de nouveau le petit tas.) Mais il est dans ma nature d'être curieux. Je me demande comment quelqu'un a pu se débrouiller pour échapper aux gardes et aux inspecteurs d'Estale. Quelqu'un qui travaille dans cette mine arriverait sans doute à conserver quelques cristaux... mais partir avec ?

— Ils sont authentiques.

— Je vous crois, mais mes yeux ne sont plus ce qu'ils étaient et il faut que ma certitude soit confortée.

Le joaillier alluma une lampe et baigna la surface de son bureau d'ultraviolets invisibles. Les cristaux brûlèrent en un kaléidoscope miroitant de couleurs, des arcs-en-ciel peignant les joues couturées et les yeux bridés et se reflétant sur le bois sombre des murs lambrissés. Un long moment il les regarda attentivement, puis il éteignit la lampe.

— De la chorismite, dit-il. Il ne peut y avoir de doute.

Dumarest lui demanda :

— Vous allez les acheter ?

Le point crucial... mais il n'était pas possible de presser Akon Batik. Celui-ci se laissa aller en arrière, le regard songeur tandis qu'il étudiait son visiteur. Un homme rude... décida-t-il, grand, mince, sombre dans ses vêtements. Le pantalon glissé dans les bottes hautes, le manche d'un couteau au-dessus de celle de droite. Une tunique montant haut sur la gorge et serrée au poignet. Des habits d'un gris neutre qui portaient la marque d'un long usage, le plastique égratigné et éraflé. Ses yeux se portèrent sur le visage, étudièrent le regard au fond des orbites, la mâchoire fermement serrée, la bouche qui devait facilement devenir cruelle. Visage d'un homme qui avait appris très tôt à survivre sans la protection d'une Maison, d'une Guilde, ou d'un Syndicat.

Un voyageur. Un homme qui passait d'un monde à l'autre, en quête de quelque chose, ou peut-être parce qu'il était incapable de se reposer. Un errant qui avait vu une centaine de mondes et n'en avait trouvé aucun qu'il pût appeler sien.

Il déclara paisiblement :

— Estale est un monde infect qu'aucun voyageur normal ne devrait visiter. Rares sont les occasions pour un tel homme de travailler et de rassembler le prix d'un passage. Vous êtes d'accord avec moi ?

Nombreuses étaient ces planètes au fond d'un cul-de-sac, d'une voie de garage, dépourvues d'industries, ces cultures dans le paupérisme d'où un voyageur échoué n'avait aucune chance de pouvoir s'échapper. Dumarest en avait trop vu. Il hocha tristement la tête.

— Sur Estale, on travaille à la mine ou l'on ne travaille pas, continua le bijoutier. Et, une fois le contrat signé, il est difficile de s'échapper. La paye est maigre, les prix élevés, l'ouvrier s'endette continuellement. Un homme astucieux peut malgré tout vaincre ce système. Il faut épargner la moindre piécette, ne s'adonner à aucun plaisir et n'omettre aucune opportunité pour accroître ses fonds. Il faut attendre le terme du contrat et partir sans attirer les soupçons. (Il marqua une pause et ajouta tout doucement :) Et qui soupçonnerait qu'un homme qui voyage en Bas ait une fortune cachée sur soi ?

Son visiteur avait voyagé en Bas ; les signes en étaient manifestes. Aucune graisse sur le corps, un air las autour des yeux, les mains plus maigres que la nature ne les avait faites. Le résultat d'une traversée en état de congélation, drogué et mort à quatre-vingt-dix pour cent dans un sarcophage destiné au transport du bétail. En courant le risque d'affronter le taux de mortalité de quinze pour cent pour voyager bon marché.

— Vous allez acheter ces cristaux ?

— Je vous en donne mille stergals, dit posément Akon Batik, qui traduisit ensuite la somme en termes plus reconnaissables. C'est le prix de deux passages en Haut.

Dumarest fronça les sourcils :

— Ils valent davantage.

— Bien davantage, acquiesça le joaillier. Mais il me faut payer des commissions et vous êtes vendeur et non acheteur. Mon bénéfice ne dépassera guère ce que je vais vous donner. Par contre, vous n'aurez aucune crainte à avoir, une fois que vous aurez quitté cette maison. Mille stergals. D'accord ?

Comme Dumarest hochait la tête, il sourit, les lèvres tordues, plus une grimace qu'une expression d'amusement. Sa voix exprima néanmoins sa satisfaction quand il déclara :

— Vous recevrez l'argent lorsque vous sortirez. Et maintenant, un verre de vin pour sceller notre marché. Vous n'y voyez pas d'objection ?

C'était une tradition, songea Dumarest, un rite que la politesse lui imposait de respecter. Peut-être pourrait-il apprendre certains détails devant ce verre.

Le vin était épais, sombre, charpenté, douceâtre et rassasiant, fortement chargé d'épices qui réchauffaient la gorge et l'estomac. Avec prudence, il le sirota, puis déclara nonchalamment :

— Vous avez longtemps vécu dans la sagesse. Dites-moi : avez-vous jamais entendu parler d'une planète appelée la Terre ?

— La Terre ? (Akon Batik fixa songeusement son vin.) Drôle de nom pour une planète ; mais non, je n'en ai jamais entendu parler. C'est un endroit que vous recherchez ?

— Un monde que j'ai l'intention de retrouver.

— Puisse la fortune vous suivre. Avez-vous l'intention de demeurer longtemps sur Ourelle ?

— Je ne sais pas, répondit prudemment Dumarest. Cela dépend.

— Selon que vous trouverez ou non ce que vous cherchez ? fit le joaillier en sirotant son vin. Je vous ai posé cette question parce qu'il serait éventuellement possible de vous trouver un emploi approprié. Les hommes qui sont capables d'obtenir de la chorismite sont rares. Il se pourrait que j'aie une proposition pour vous dans un certain temps. Naturellement, elle sera de nature lucrative. Vous ne vous y opposeriez pas ?

— Cela pourrait m'intéresser, dit Dumarest d'une voix posée.

Il sirota de nouveau son vin en s'interrogeant sur l'intérêt de l'autre homme. Un individu tel qu'Akon Batik ne devait pas manquer d'hommes pour exécuter ses ordres ; il ne devait tout de même pas s'appuyer sur des étrangers, quelle que fût leur habileté apparente. Il déposa le verre à pied et dit :

— Je vous remercie pour le vin et votre courtoisie. Et en ce qui concerne l'argent ?

— Il vous attend à la porte. (Le bijoutier pinça ses lèvres minces.) Vous êtes un étranger, sur Ourelle, je ne me trompe pas ?

— C'est exact.

— Ce monde est bizarre et peut-être devrais-je vous épargner quelques infortunes. Si vous êtes tenté par les jeux de hasard, n'allez pas à la Cocotte, au Pavillon des Mille Délices ni à la Fleur pourpre. Vous y gagneriez peut-être, mais vous risqueriez de ne jamais toucher vos gains. La Maison du Gong en vaut une autre et il vous sera épargné toute violence.

— Vous en êtes le propriétaire ?

— Naturellement, et si vous aimez perdre votre argent, autant que je recouvre ce que j'ai payé. Autre chose : Ourelle n'est pas un monde comme les autres. Si vous restez en ville, pas de problème ; mais si vous désirez faire un peu d'exploration, ne considérez rien comme normal. Vous avez des plans ?

— Regarder çà et là. Voir ce qu'il y a à voir. Vous avez un musée ? Un institut scientifique ?

Le joaillier, surpris, cligna les yeux.

— Nous avons une Maison de la Connaissance. La Kladour. Vous la reconnaîtrez à sa flèche cannelée. Elle est l'orgueil de Sargone. Désirez-vous encore un peu de vin ? Non ? Notre entretien est donc terminé. Si besoin est, je vous contacterai. En attendant, puisse la fortune vous être propice au moindre pas.

— Et puisse votre vie être emplie de joie, répondit Dumarest, qui sut aussitôt par une lumière nouvelle dans les yeux bridés qu'il venait de monter d'un cran dans l'estime du bijoutier : un homme qui proposait du vin pour sceller une transaction devait être sensible à ce genre de courtoisie.

Une flèche mobile d'un vert foncé le guida à travers un labyrinthe de couloirs jusqu'à la porte de sortie où un homme trapu lui tendit un sac de pièces et attendit flegmatiquement que Dumarest eût fini de les compter.

Une fois l'argent en sécurité dans sa poche, celui-ci sortit dans la rue, clignant des yeux sous la luminosité relative de cette fin d'après-midi. Un soleil émeraude était accroché bas dans le ciel, recouvrant les façades nues des bâtisses d'une douzaine de nuances de peinture verte ; sombre sur les volets fermés et les portes énigmatiques, vif et pâle sur les parapets et les plantes grimpantes chargées de fleurs bleues, or et écarlates. Au-dessus des toits, apparemment proches, il distingua une flèche particulière qui s'élevait en spirale pour se terminer en une pointe délicate couronnée d'une boule dorée. La Kladour, estima-t-il, et il se dirigea vers elle.

A Sargone, on ne pouvait pas dire qu'il y eût de rue droite. La moindre ruelle, avenue, route et venelle était incurvée formant un croissant, un arc de cercle, un bout de spirale, le tout se tordant de manière totalement déconcertante, comme conçu par les ondulations d'un serpent gigantesque. Un guide l'avait conduit jusque chez le joaillier et un autre l'eût amené jusqu'à la Kladour, mais la rue était vide et la flèche trompeusement proche. Dumarest se fiait à son sens de l'orientation et ne tarda pas à se trouver complètement perdu.

Il s'arrêta et tenta de se diriger. Le soleil était là où il fallait, la flèche aussi, mais elle était désormais plus éloignée et la rue où il était s'incurvait dans le mauvais sens. La circulation était réduite et les piétons rares. Une ruelle donnait sur une rue plus populeuse qui, ô irritation, l'éloignait encore plus de son objectif.

Un homme se frotta le menton, les yeux rusés, lorsque Dumarest lui demanda son chemin.

— La Kladour ? Foutre, tu n'y trouveras rien, là-bas, mon vieux. C'est la Narn, qu'il te faut. Il y a tout ce qu'il faut pour satisfaire un homme dans la Narn. Des filles, du vin, des jeux, des sensibandes, des analogues... tout. Et aussi des combats. Tu aimes les beaux combats ? Des lames de vingt-cinq centimètres, combats à mort. Je vais te dire une chose : tu m'engages et je te mène où tu veux.

Un rabatteur impatient d'obtenir une bonne commission. Dumarest répondit :

— N'y pense plus. C'est la Kladour que je veux.

— La première à droite, la seconde à droite, la première à gauche, la troisième à gauche, puis tout droit. Si tu changes d'avis et que tu veux essayer la Narn, demande Jarge Venrush. Si tu veux que ça bouge, je te montrerai tout ce qu'il faut. Rappelle-toi mon nom. Tu me trouveras au Disaphar.

Dumarest hocha la tête et se remit en route. La seconde à droite était une ruelle étroite pleine d'ombres émeraude, une faille entre de hautes bâtisses et prématurément ténébreuse. Il avança doucement en restant dans l'axe, les oreilles tendues instinctivement. Quelque chose claqua devant lui et il se raidit comme une forme décampait de derrière une poubelle. Un petit animal qui cherchait sa proie ; des yeux miroitants luirent comme il passait devant l'endroit où il était tapi pour se nourrir. Plus loin, le tournant à gauche révélait une ouverture à peine plus large que la ruelle.

Il ralentit en s'approchant, la peau se hérissant en guise d'avertissement. Il faisait trop sombre, ce qui était beaucoup trop commode pour quiconque décidait de rester en embuscade, et le rabatteur risquait de l'avoir envoyé dans un piège. Sargone n'était pas une ville meilleure que les autres. Elle avait ses recoins sombres et ses propres espèces de vie sauvage. Des hommes qui se nourrissaient de proies impuissantes. Des voleurs et ceux qui trouvaient plus pratique de tuer à distance.

Dumarest fit halte, puis se tourna pour revenir sur ses pas et s'arrêta de nouveau en entendant le cri.

Il était aigu, strident, plus un hurlement qu'un cri, et il provenait de l'ouverture derrière lui. Il fit volte-face, une main se posant sur le poignard dans sa botte. La lame de vingt-cinq centimètres émettait un reflet d'émeraude en sortant de son étui, le soleil mourant brillait sur la pointe acérée et le tranchant en fil de rasoir. En deux pas il eut atteint l'ouverture et se précipita dans la ruelle tandis que le cri résonnait encore. Une femme, songea-t-il, une jeune fille, puis il corrigea son impression en contemplant la scène devant lui. Pas une jeune fille, un enfant, un petit garçon serré contre un mur.

Il n'était pas seul. A côté de lui se tenait un homme, trapu, les cheveux noirs et entremêlés, le visage tendu reflétant sa peur. Il avait les poings serrés sous la terreur, impuissant face aux trois hommes tout près de lui. Ils étaient déguisés, les tuniques éclatantes couvertes d'une variété de symboles, les masques grotesques, avec becs et cornes. Camouflage ou protection, impossible de voir ce qui se trouvait en dessous des masques, mais Dumarest n'avait aucun doute sur leurs intentions. Des voleurs, armés de dagues, prêts et peut-être même impatients de les utiliser contre des victimes sans défense. Poignarder, taillader et percer dans une furie de soif de sang. Tuer l'homme et peut-être le gamin. Des dégénérés sortirent s'amuser un peu. Les déchets inévitables de toute civilisation.

L'un se retourna comme il approchait. Dumarest vit le masque, l'éclat des yeux, le mouvement de la lame tenue comme une épée dans la main gantée. Elle monta en un coup destiné à éventrer un corps non protégé. Dumarest sauta de côté, son propre poignard siffla en fendant l'air et trancha la main juste derrière les doigts. Doigts et poignard tombèrent en une fontaine de sang ; la lame de Dumarest remonta vers la partie inférieure du masque, la pointe trouvant et perçant les tissus tendres de la gorge.

Sans s'arrêter, il bondit sur le plus proche des deux hommes, le bras gauche bloqua la lame levée, sa propre pointe se dirigeant vers l'œil, tourna et ressortit tremblée de sang frais.

— Arrête !

Le troisième homme avait reculé et laissé tomber sa dague, la main alourdie désormais par un pistolet.

— Espèce d'idiot, dit-il. Tu t'es mêlé de ce qui ne te regardait pas. Personne ne t'a rien demandé. Nous ne voulions que le gamin. Tu aurais pu passer ton chemin et oublier ce que tu avais vu. Et tu as préféré jouer au héros. Eh bien, tu vas payer. (Il leva l'arme.) Dans le ventre, dit-il. Un trou en plein intestin. Tu mettras longtemps à crever et tu hurleras jusqu'à la dernière minute. Va te faire voir ! Tiens !

Dumarest se précipita, bondit de côté, le bras en arrière puis en avant, le poignard quittant sa main. Il vit le masque, le pistolet, le rayon rubis du laser, et sentit la puanteur de plastique et de métal carbonisés. La douleur lui perça le flanc, puis le rayon disparut. Le pistolet se releva. Le manche de son poignard était planté dans la chair comme une excroissance hideuse.

Puis la douleur devint un cauchemar destructeur.

CHAPITRE II

Il semblait avoir six-sept ans, un gamin robuste à la crinière de cheveux blonds et aux yeux d'un bleu vif enfoncés dans leur orbite. Son dos et ses épaules étaient très droits, l'estomac encore arrondi par la graisse infantile, les mains dotées de fossettes, la bouche doucement rosée. Il se tenait au chevet du lit, l'air très solennel, et il parlait de manière très précise.

— Je m'appelle Jondelle. Il faut que je te remercie de m'avoir sauvé quand on a été attaqués en ville.

Des paroles bien graves pour un petit garçon, songea Dumarest, mais, d'une voix tout aussi solennelle, il répondit :

— Ce fut un plaisir de vous rendre service. Peux-tu me dire ce qui s'est passé ?

— Après que tu as été abattu ?

— Oui.

— Elray t'a sauvé. Il t'a emporté sur notre chaloupe et amené à la maison. Je n'ai pas oublié ton poignard. Tu le veux tout de suite ?

— S'il te plaît.

— Je l'ai nettoyé, dit l'enfant. Il était tout collant de sang, mais je l'ai lavé et je l'ai fait briller. Tu l'as utilisé pour tuer beaucoup d'hommes ?

— Pas davantage que nécessaire.

— J'ai vu comment tu l'as lancé. Tu m'apprendras à lancer le couteau ?

— Peut-être.

Dumarest s'assit sur la couchette. Il était nu en dessous des draps, un bandage transparent lui serrant le flanc gauche. En dessous de cette pellicule, il vit que la chair était presque totalement guérie. Des hormones, songea-t-il, ou peut-être même le ralentisseur temporel, produit chimique magique qui accélérait le métabolisme de telle manière qu'on vivait une journée en l'espace de quelques minutes. Mais il en doutait. L'utilisation du ralentisseur produisait une faim terrible et il ne la ressentait pas. Et aucune marque sur ses bras ne révélait d'alimentation intraveineuse.

— Makgar t'a soigné, dit l'enfant. Elle s'y connaît, mais je crois que Weemek l'a aidée.

— Weemek ?

— Un ami qui nous rend parfois visite. Si tu restes ici, tu le verras. Je dis « un », mais je ne suis pas sûr. Il n'est pas humain, tu sais.

Dumarest n'en savait rien, justement, mais il ne reprit pas le petit garçon. Il se rallongea, légèrement amusé et très intrigué. L'enfant parlait de manière trop précise pour son âge apparent, comme s'il avait subi une formation très poussée. A moins qu'il ne fût normal que les enfants de cette culture fussent aussi en avance.

— Peux-tu me donner mon poignard ? demanda-t-il.

Il était propre, comme l'avait dit le petit garçon, le tranchant affûté, l'acier poli.

— Et mes vêtements ?

— C'est Makgar qui les a. Elle les a remis à neuf. Désires-tu autre chose ?

Des renseignements, mais ils pouvaient attendre. Dumarest secoua la tête et, comme l'enfant sortait, il regarda autour de lui. Il se trouvait dans une chambre en pierre taillée, le plafond bas et doté de grosses poutres, le plancher poli naturellement. Des tapis adoucissaient cette simplicité spartiate, quelques estampes faisaient des taches de couleur vive sur les murs et une large fenêtre donnait une pâle lumière verte. Le soleil était haut sur la plaine ondoyante et les champs couverts de récoltes. Des arbres poussaient sur une crête lointaine et une rivière étroite sinuait le long d'un coteau pour disparaître dans un méandre qui la conduisait derrière la maison.

Une ferme, présuma-t-il. Le centre d'un complexe agricole. Il devait y avoir quelque part des granges pour le bétail, des silos pour le stockage, des hangars pour les machines. D'autres bâtisses aussi pour les ouvriers. Il ouvrit la fenêtre et inspira profondément l'air chaud, parfumé d'odeurs inconnues, capiteux et revigorant. Il eut soudain faim.

— Tu n'aurais pas dû te lever, dit une voix derrière lui. Retourne immédiatement au lit.

Il se tourna et regarda la femme. Elle était grande, les cheveux bruns coupés court, ses yeux sombres contenant un soupçon d'amusement mais aussi d'expectative. Ses formes étaient pleines et riches en sève sous une robe marron serrée à la taille par une grosse ceinture. Elle avait les pieds nus dans des sandales de cuir, ses mains étaient larges, les doigts longs et effilés. Les mains d'un sculpteur, songea-t-il, ou d'un chirurgien. Sans se préoccuper de sa nudité, il ne bougea pas et affronta son regard.

— Au lit, répéta-t-elle. Immédiatement.

— Tu es Makgar ?

— Oui. Mais je suis aussi ton docteur, ton infirmière et ton hôtesse. Je te suis également très reconnaissante et je n'aimerais pas que tu rechutes. Sans la toile protectrice que contiennent tes vêtements, le rayon de ce laser t'aurait tué. La chaleur a été suffisamment déviée pour ne pas trop pénétrer. Maintenant, je t'en prie, retourne dans ton lit.

Il obéit, conscient d'une soudaine faiblesse.

— Depuis combien de temps suis-je ici ?

— Dix jours. Tu as perdu beaucoup de sang, que j'ai pu facilement remplacer. Mais tu étais énormément affaibli, pas la moindre graisse et des signes manifestes de malnutrition prolongée. Je t'ai mis sous sédation hypnotique et j'ai utilisé des hormones à action rapide pour favoriser la guérison. J'aurais bien utilisé du ralentisseur temporel mais, franchement, tu n'étais pas en état de le supporter.

Elle marqua un temps d'arrêt, hésita, et il devina sa question.

— Six mois de travail dans une mine en mangeant moins que le minimum, fit-il sèchement. Puis un voyage en Bas. Ce n'est pas la meilleure méthode pour rester en forme.

— Je m'interrogeais, dit-elle. Merci de m'en avoir fait part.

— Tu es mon docteur... il faut que tu sois au courant. (Il ajouta paisiblement :) Tu as parlé de sédation hypnotique.

— Une technique personnelle. Tu n'as ressenti aucune douleur, tu as pu manger à intervalles réguliers, mais ton intimité a été respectée, Earl. (Elle sourit devant son expression.) Il fallait bien que j'apprenne certaines choses... ton nom, par exemple. Pour des raisons thérapeutiques, non pas administratives. On ne se soucie pas de ce genre de détails à Relad.

— C'est le nom de cette ferme ?

— Celui du secteur. Par moments, tu avais le délire et me servir de ton nom m'a permis de raffermir ta libido. Enfin, tout cela est passé. De la bonne nourriture et du repos te retaperont complètement.

— Et mes vêtements ?

— Tu es au courant ?

— Le petit garçon m'a dit que tu les remets à neuf. C'est curieux qu'un gamin utilise une telle expression.

— C'est un enfant très spécial. (Elle déglutit et ajouta :) Je ne suis pas très douée pour exprimer mes émotions, à cause de ma formation, peut-être, mais c'est comme ça. Et certaines choses ne peuvent être dites. Mais il faut que tu saches ceci : tout ce que je possède, tout ce que tu peux désirer, t'appartient, pour ce que tu as fait. Si Jondelle avait été enlevé...

— Cela n'est pas arrivé.

— Elray était impuissant. Il ne faut pas lui en vouloir. Il serait prêt à mourir pour l'enfant, mais...

— Ce n'est pas un tueur, dit platement Dumarest. Et contre trois hommes armés de dagues, qu'aurait-il pu faire ? Mourir, peut-être, mais cela aurait-il sauvé le gamin ?

— Tu l'as sauvé. Es-tu un tueur ? (Elle n'attendit pas sa réponse.) Non, si tu as tué, c'est uniquement pour survivre. Et la violence ne t'est pas étrangère ; ce sont les cicatrices que porte ton corps qui me l'ont appris. Des coups de poignard, Earl : impossible de se tromper. J'en ai déjà vu sur des hommes qui se battaient sur le ring.

Qui se battent et tuent sous le grondement d'une foule assoiffée de sang. Il sentit de nouveau l'odeur du sang, le goût de l'air lourd de l'attente, il vit le regard fixe et animal de ces masques civilisés, hommes et femmes cultivés, qui hurlaient pour assister à des morts violentes. Catharsis exigée par des sociétés devenues décadentes, l'occasion rêvée pour un voyageur de se constituer un petit magot et pour un jeune homme une réputation.

— Un homme accoutumé à la violence, dit-elle doucement. Mais bien plus que cela. Elray m'a parlé de la vitesse, de la façon incroyable dont tu as agi. Lancer un poignard aussi vite qu'on appuie sur une détente ! Lui faire traverser six mètres avant que le rayon ait pu t'atteindre ! Si la distance avait été moindre, tu n'aurais pas été brûlé. Tu n'es pas un homme ordinaire, Earl

Dumarest, mais je remercie tous les dieux qui ont jamais existé que tu te sois trouvé en ce lieu à ce moment-là.

Sa voix la trahit. Son visage était demeuré impassible, mais ses intonations manifestaient une vive émotion. Une autre femme fût tombée en larmes, lui eût peut-être pris la main, eût même manifesté une certaine hystérie. Et c'était bien plus qu'une simple gratitude. C'était comme si elle avait pris conscience d'une peur terrible et que la réaction avait subsisté, d'autant plus forte qu'elle songeait à ce qui aurait pu se passer.

Il savait qu'il pouvait tendre la main vers elle, la toucher, et tout ce qu'il désirerait serait librement accordé. Mais il préféra demander :

— Ces hommes voulaient enlever l'enfant. Tu sais pour quelle raison ?

Elle prit un long souffle frémissant.

— Une rançon, peut-être...

— Il faudrait que vous soyez riches, dit-il sèchement. L'êtes-vous ?

— Nous avons la ferme et pas grand-chose d'autre. Tu as sur toi plus d'argent que nous n'en possédons.

— Des valeurs immobilières, alors ? Que vaut cette ferme ?

— La terre est bon marché sur Ourelle. Nous avons à manger et nous vivons bien, mais c'est à peu près tout.

— Des ennemis ?

— Non. Je ne nous en connais pas.

— Pour une raison quelconque, quelqu'un voulait kidnapper votre gamin. C'est ton fils, si je comprends bien ?

— Il est né de mon corps, oui, dit-elle.

— Ces hommes n'étaient pas là par accident. Ils savaient ce qu'ils voulaient et où le trouver. Elray emmène-t-il souvent l'enfant en ville ?

— Non. Pas souvent. Il est allé chercher une pièce

pour l'une des machines et il pense que ça intéresserait Jondelle. Ils s'étaient promenés, ils avaient fait du tourisme au petit bonheur et avaient visité la Kladour. Une journée normale telle qu'on en passe avec un petit garçon. Alors qu'ils rentraient vers l'endroit où il avait rangé la chaloupe, ces trois hommes les ont attaqués. Ils devaient vouloir les voler. Quand tu es arrivé, celui qui avait le pistolet a dû espérer que tu le croirais. En guise d'avertissement, peut-être.

— Peut-être.

— Ce doit être ça. Pourquoi quelqu'un voudrait-il enlever un petit garçon ? Comment auraient-ils su où le trouver, autrement ? Ce n'était qu'une coïncidence... forcément.

Dumarest en doutait, mais une chose était évidente : c'était un sujet dont elle ne désirait pas discuter avec un étranger et, finalement, cela ne le regardait pas. Il n'avait aucune envie de s'impliquer. L'enfant n'était pas seul. Il y avait sa mère et un homme qui semblait être son père, bien que cela n'eût pas été confirmé clairement. Il y avait une ferme où il vivait et il devait y avoir des employés, des ouvriers, qui se sentiraient obligés de défendre leur vie et leur propriété. La protection d'une Maison, toute petite qu'elle fût. Et ici, au moins, il était isolé des dangers de la ville.

Davantage de protection que n'en avait jamais connue Dumarest. Davantage de confort, de sécurité et, certainement, d'amour. Il s'enfonça dans les oreillers en rêvant, se rappelant l'époque, qu'il valait mieux oublier, où la faim était une compagne permanente et les cailloux et les pierres ses seuls jouets.

Makgar déclara :

— Tu es fatigué. L'enfant t'a réveillé trop tôt et ta blessure est loin d'être guérie. Je vais te faire apporter de la nourriture, tu te reposeras et tu ne tarderas pas à aller mieux. Est-il utile de te dire que tu pourras rester aussi longtemps que tu le désireras ?

— Tu es gentille.

— Pas gentille : égoïste. Tu apportes la force en ces lieux et je... (Elle s'interrompit et reprit d'une voix plus décontractée :) Je suis médecin et je ne voudrais pas que mon travail ne serve à rien. Es-tu prêt à manger ?

On lui servit des steaks, épais et bien saignants, cuits sur la braise, avec des œufs et des tonnes de beurre. Il mangea, dormit et se réveilla pour manger de nouveau, un régime riche en protéines, destiné à restaurer son énergie dépensée et à remplacer la graisse consommée durant ces derniers mois. Au bout de deux jours, il était sur pied, faisait de longues promenades dans les champs et se livrait à des exercices pénibles pour rendre leur tonus à ses muscles. Et il était presque constamment accompagné du petit garçon.

Celui-ci était très sérieux, vêtu d'un pantalon et d'une chemise marron foncé, de grosses bottes à ses petits pieds, un collier de grosses perles autour du cou. Elles étaient chacune de la taille d'un petit œuf, d'une couleur éclatante et enfilées sur un fil de fer robuste noué entre chacune d'elles. Des graines, songea Dumarest, le produit d'une plante exotique, séduisantes à l'œil et amusantes pour un enfant. Il était pourtant parfois difficile de considérer Jondelle comme un enfant. Ses paroles étaient trop précises, ses manières trop adultes.

— Comment t'assures-tu que la lame atteigne toujours le même endroit à chaque fois ? demanda-t-il en regardant Dumarest tailler une bûche. Quand j'essaie, je tape un peu partout.

— Il faut viser avec le manche, répondit Dumarest. La pointe près des mains. La lame suit le mouvement.

— Tu sais lancer la hache aussi bien que le poignard ?

Dumarest jeta un coup d'œil à un tronc abattu à plusieurs mètres de là. Il leva la cognée, la soupesa, puis la jeta brutalement. La lame se ficha profondément dans le bois.

— J'aimerais bien savoir faire ça, dit l'enfant. Tu m'apprendras ?

— On ne peut pas te l'apprendre. On ne peut que te montrer comment faire, et le reste c'est toi qui dois le faire. C'est une question d'équilibre et d'estimation de la distance. Ça et beaucoup d'entraînement.

— Le poignard, alors. Tu m'aidera à apprendre à lancer le poignard ? A l'utiliser ?

— C'est ton père qui devrait le faire.

— Elray n'est pas mon père. Il a épousé Makgar, mais c'est tout.

C'était la confirmation de ce que soupçonnait Dumarest. Deux personnes aux cheveux noirs et aux yeux marron ne pouvaient avoir un fils blond aux yeux bleus, pourtant Elray était dans une position parentale. Il lui revenait d'apprendre ce qui est essentiel à l'enfant dont il avait la charge.

Jondelle manifesta son intelligence en disant :

— On pourrait être encore attaqués. Ça serait bien que je sache me défendre. Je t'en prie, apprends-moi à me servir d'un couteau.

— Tu penses que vous serez à nouveau attaqués ?

— Je ne sais pas, mais si ça se reproduit, je veux pouvoir faire comme toi. Elray ne veut pas me l'apprendre. Il n'aime pas la violence. Il dit que les gens civilisés ne doivent pas s'en servir.

— Il a raison, dit Dumarest d'une voix aimable.

— Mais si un homme civilisé en rencontre un qui ne l'est pas ?

Question bien trop habile de la part d'un petit garçon... mais qu'est-ce que l'âge par rapport à la compréhension ? A six ans, Dumarest chassait avec une fronde grossière, la faim étant la punition de l'échec. A sept ans... Il prit longuement son souffle, reculant devant ce souvenir.

— On tient le poignard comme ça. (Il lui montra.) Le pouce sur la lame, la pointe vers le haut. N'essaie pas de donner un coup de pointe. Tu pourrais rater ton coup, ou bien heurter un os, ou bien la coincer, ce qui risquerait de te désarmer. On utilise le tranchant, comme ça.

Il fit tourner la lame dans l'air, de telle sorte que le soleil du début de la soirée brilla sur la pointe et le fil.

— Et si tu dois te défendre, surtout n'hésite pas. Attaque rapidement et fais ce qu'il faut. N'aie pas peur d'être blessé, accepte le fait qu'il te faudra peut-être subir une blessure légère et essaie de ne pas avoir peur. La peur te ralentit et donne à ton adversaire une chance d'attaquer avant toi. Vise les yeux, puis...

— Ça suffit !

Elray s'était approché sans se faire voir, les bottes silencieuses sur la terre molle. Il se dressait, son corps trapu tendu par la rage, les traits brouillés par la colère.

— Jondelle, rentre à la maison !

Dumarest le suivit du regard, remarqua les yeux attentifs d'un groupe d'ouvriers, petits hommes aux cheveux raides, aux manières humbles, les femmes en observation aux fenêtres des cahutes assemblées autour de la maison.

— Tu es notre invité, dit Elray d'une voix rauque. Mais même si tu étais mon frère, je ne permettrais pas ce que je viens de voir. Quel sorte d'homme es-tu pour apprendre à un gosse à mutiler et tuer ? A utiliser des armes de destruction ? Est-ce ainsi que tu me récompenses pour mon hospitalité ?

Dumarest contempla le poignard dans sa main, la blancheur des phalanges et le tremblement de la pointe. Il rengaina rapidement la lame.

— Nous te devons beaucoup, continua Elray. Je l'admets. Mais je ne puis permettre certaines choses. Jondelle est un enfant et doit être traité comme tel.

— C'est un homme, répondit sévèrement Dumarest.

Petit et jeune, mais un homme quand même. Il grandira et en rencontrera d'autres qui n'auront pas eu de tuteurs aussi pusillanimes. S'ils le trouvent faible, ils en feront leur souffre-douleur et il n'aura d'autre choix que de céder. Il perdra son amour-propre ou, s'il en a encore, il se rebiffera. Et lorsqu'il mourra, il ne te remerciera point pour ce que tu auras refusé de lui apprendre.

Il se détourna avant que l'autre ait pu lui répondre, passa à grands pas devant les personnages en observation et se dirigea vers la crête éloignée et les arbres qui dentelaient le ciel. Plus loin s'étendaient toujours des terres nues, plaine ondoyante vierge de route ou de piste, la rivière un trait sinueux d'émeraude pâle bordé de bouquets de roseaux. Au nord, les montagnes s'élevaient, leurs cimes couronnées de neige. Une scène pastorale de paix et de beauté, une oasis de tranquillité où l'on pouvait s'asseoir pour passer le restant de sa vie à rêver. Mais au-delà se trouvaient la ville, l'astroport et les vaisseaux qui l'emporteraient dans l'espace et vers d'autres mondes. Son monde, peut-être... et déjà il s'était trop attardé.

Il était tard lorsqu'il revint, le ciel scintillait d'étoiles, rideau de brillance miroitante, globes, amas, panneaux de luminescence luisante. Scène nocturne normale sur toute planète proche du cœur de la galaxie, du centre où les soleils étaient proches et les mondes abondaient.

Des lumières brillaient dans la maison et les cahutes et le parfum de cuisine envahissait l'air. Il entendit des voix en franchissant la porte d'entrée et s'arrêta en remarquant son nom. Elray et la femme, présuma-t-il, en train de parler de l'étranger qu'ils avaient pris sous leur toit. Il marqua un temps d'arrêt et écouta.

— Non ! (Elray était catégorique.) Je n'accepterai jamais. Des poignards à son âge. C'est indécent !

— Earl est un homme qui a eu une existence rude. Il possède des valeurs différentes des tiennes. (Elle marqua une pause et ajouta avec douceur :) S'il était différent, serais-tu assis ici en ce moment ?

— Est-ce que tu veux me rappeler ce que tu as décidé de baptiser ma faiblesse ?

— La gentillesse n'est pas la faiblesse, Elray, mais elle peut s'avérer parfois fatale. Je veux que Jondelle soit fort. Qu'il ne dépende que de soi et n'aie besoin de personne. Ce que je veux, c'est qu'il survive !

Son cri avait jailli du cœur, le cri éternel d'une mère qui a peur pour son enfant. Dumarest en perçut l'intensité, et Elray également. Sa voix était plus calme lorsqu'il reprit la parole :

— Je me fais du souci pour cet enfant, Makgar ; tu le sais. C'est comme s'il était mon fils. Mais que savons-nous vraiment de Dumarest ? Un étranger. Un voyageur et peut-être davantage. L'attaque aurait pu être manigancée, ainsi que son intervention, pour l'amener là où il est actuellement. Il est trop proche de Jondelle. Le petit ne veut plus s'éloigner de lui, il semble être toujours à son côté, il parle, il écoute, il apprend, peut-être, à moins qu'il n'y ait autre chose. Comment en être sûrs ?

— Trois morts, Elray. Dumarest gravement blessé... voilà ce qui peut nous permettre d'en être sûrs. Et...

— Oui ?

— Leur intimité t'inquiète ?

— Oui.

— Et tu n'en devines pas la raison ? (Sa voix avait une note tendre de compréhension.) Un voyageur, as-tu dit de lui, un errant sans foyer ni famille à soi. Un homme qui, peut-être, aimerait avoir un fils. Un garçon à former à son image. Je les ai observés et je sais ce qu'est la solitude qu'il doit éprouver. Je l'ai mis sous sédation hypnotique, ne l'oublie pas. Dumarest n'est pas un ennemi. C'est une personne très solitaire qui cherche quelque chose. C'est une véritable quête. Peut-être que, de manière subconsciente, il pense l'avoir trouvé.

— Le gamin, dit Elray d'une voix pâteuse. Un succédané de fils. Et toi ? Es-tu prête à devenir sa femme ?

Elle exprima son amusement.

— Elray, es-tu jaloux ?

— Est-ce que tu le nies ?

— Tu dis des absurdités.

— Tu ne le nies pas, dit-il d'une voix sinistre. Tu ne peux pas le faire, je t'ai surveillée et je le sais.

Dumarest se détourna et ressortit doucement dans la nuit traversée d'étoiles. Il toussa, fit racler ses bottes et claqua le panneau contre le mur en rentrant dans la maison. La lumière éclairait la pièce où Elray et la femme étaient assis à table, du pain, du vin et les reliefs d'un repas devant eux.

— Il est temps que je vous quitte. Si vous pouviez m'accompagner en ville, je vous en serais reconnaissant.

— Tu pars ?

Il sentit l'inquiétude dans la voix de la femme et vit l'expression soudaine de soulagement dans les yeux de l'homme.

— Oui. J'ai des choses à faire.

— Mais tu n'es pas encore rétabli.

Makgar se leva pour bien refermer la porte et se tint devant lui, le mouvement de sa poitrine bien visible sous le tissu de sa robe.

— Ta blessure n'est pas encore guérie et il te faut encore du repos et de la nourriture.

— Je pourrai en trouver en ville.

— J'y vais demain, dit rapidement Elray. Tu pourras m'accompagner.

— Mais... (Elle avait de la peine à se contrôler.) Je pense que tu es fou, continua-t-elle d'une voix égale. C'est mon opinion en tant que docteur. Il existe encore un danger de complications. Dans cinq jours, je pense que tu pourrais aller en ville à pied, mais pour l'instant, partir en chaloupe équivaudrait à prendre un risque inutile.

— Il y a des docteurs en ville, dit Elray. Et la chaloupe est stable. Nous volerons lentement et tranquillement. (Il ajouta :) Cesse de faire des histoires, Makgar. Earl est adulte et il sait ce qu'il a à faire.

— Oui, dit-elle d'une voix morne. Je suppose que oui.

Son regard se posa sur la nourriture sur la table et se releva pour affronter les yeux calmes de Dumarest.

— Tu n'as rien mangé, l'accusa-t-elle. Nous avons attendu, mais tu n'es pas arrivé et... (Elle fit un petit geste.) Veux-tu quand même manger avant d'aller te coucher ?

— Oui, dit-il. Je vais manger.

CHAPITRE III

Des petits bruits, le craquement des poutres, le froissement d'une feuille, le tassement des planchers et de l'escalier. La lumière des étoiles brillait trop clair par la fenêtre et l'air semblait empli d'un empressement nerveux. Dumarest s'agitait, mal à l'aise sur le lit doux, l'instinct le maintenant éveillé. Il partait, il avait pris sa décision, et il ne lui restait plus qu'à attendre. Pourtant, son anxiété subsistait et il n'arrivait pas à dormir.

Il se leva, rejoignit la fenêtre et fixa le spectacle à l'extérieur, le doux bandeau d'argent de la rivière, l'herbe sombre au point de paraître noire. Quelques nuages dérivaient dans le ciel sous la poussée de la brise. Il alla jusqu'à la porte sur la pointe des pieds et écouta. Un murmure atteignit ses oreilles, comme des voix étouffées et très lointaines. Il s'habilla, sortit de sa chambre et descendit l'escalier. Le murmure augmenta lorsqu'il approcha de la porte d'entrée et crût lorsqu'il l'ouvrit. Quelques lumières brillaient parmi les cahutes et le bruit augmenta. Une mélopée, se rendit-il compte, des voix qui s'élevaient en une harmonie légère. Un péan ou une supplication... impossible de le préciser. Elle s'éleva puis s'interrompit brutalement avec l'ouverture d'une porte qui fit apparaître un flot de lumière. Makgar se tenait dans l'ouverture. Elle se retourna vers l'intérieur d'où sortit le cri révélateur d'un nouveau-né.

— Il ira bien, dit-elle à ceux qui se trouvaient dans la maison. Il grandira en force et en taille et courra comme le vent. Votre fils vous apportera la joie.

La mélopée s'éleva de nouveau lorsqu'elle referma la porte et traversa la cour. Elle s'arrêta avec un halètement lorsqu'elle vit Dumarest et elle porta la main à la gorge. Elle avait sur elle une robe à peine attachée sur le devant, ouverte sur la poitrine et les cuisses et révélant sa chair. Un vêtement enfilé à la hâte, présuma-t-il, pour aller rejoindre ceux qui l'avaient appelée d'urgence.

— Earl ! C'est toi ?

— J'ai entendu la mélopée et je suis venu voir ce qui la causait.

— Une naissance, dit-elle. Il y avait une légère difficulté et ils m'ont fait venir. Quelque chose d'assez simple, mais ce sont des gens simples et ils ne savent faire face à l'inattendu. Il leur faut toujours recourir à quelqu'un ou quelque chose. Des dieux, des esprits, et même le vent et les étoiles. La consanguinité a chassé de leurs gènes tout esprit d'initiative, mais ce sont de bons ouvriers dociles.

— Où les avez-vous trouvés ?

— Ils ont toujours été ici, ils vivent dans les bois et les forêts, primitifs et hantés de superstitions. Je suppose qu'ils constituent le peuple original, bien que... (Elle s'interrompit en regardant son visage.) Quelque chose ne va pas, Earl ?

— Tu les as appelés le Peuple Original.

— Je voulais dire les premiers arrivés ici. Ourelle a été colonisée à plusieurs reprises et il y a eu toutes sortes de cultures divergentes. La planète est désormais stable, mais il fut un temps où c'était chacun pour soi et au diable les conséquences. Tu as vu Sargone ? Bien entendu... eh bien, tu ne t'es pas demandé pourquoi les rues sont toutes tortueuses ? La ville a été bâtie par des voleurs et des cambrioleurs qui voulaient se défendre contre les armes à vue. Il fut un temps où ils prélevaient une taxe sur tout ce qui entrait ou sortait de l'astroport. D'autres spatioports ont naturellement été construits et d'autres habitudes se sont développées, mais elles ne se sont jamais fondues en un seul schéma, comme sur les autres mondes. Sargone est la ville-État, Relad le pays agricole. A l'ouest se trouvent Fromme et plus loin Ikinold. Puis il y a la culture maritime de Jelbtel. (Elle eut un geste d'impatience.) Mais ce n'est ni le lieu ni l'heure pour une leçon d'histoire et je doute que tout cela t'intéresse vraiment.

— Tu te trompes. Cela m'intéresse. En particulier le Peuple Original.

— Les Hegelt ? C'est ainsi que nous les appelons. Ils sont humains mais désespérément superstitieux et, comme je l'ai dit, l'endogamie les a presque réduits à l'extinction. Un croisement les revitaliserait, mais ils ne veulent pas en entendre parler. Aucune femme ne se donne à un homme qui ne soit de sa race et aucun homme ne cherche une femme étrangère. A mon avis, dans quelques générations, soit ils auront disparus, soit ils seront totalement dégénérés. En attendant, ils sont bien utiles. Tu es fatigué ?

— Non.

— Alors, si nous nous promenions un peu ? Je ne vais pas pouvoir dormir tout de suite. Je t'en prie.

Elle s'empara de sa main et le conduisit au bord de la rivière, là où la rive descendait doucement vers l'eau ondoyante. Elle s'assit d'abord, puis s'allongea, un genou relevé, ce qui révéla la courbe gracieuse de sa cuisse nue. Une position d'abandon ou de séduction calculée, à moins que ce ne fût une attitude de relaxation totale en compagnie de quelqu'un en qui elle pouvait avoir confiance.

D'une voix rêveuse, elle dit :

— N'est-ce pas paisible ici ? Si agréable et calme. Avec le temps, la vie se met à s'ajuster au tempo des éléments et .des saisons. Je pense que les hommes commettent une erreur en s'accrochant aux villes alors qu'ils pourraient vivre plus près de la nature.

— La nature n'est pas toujours tendre, dit Dumarest. (Il s'était assis à côté d'elle, face à la rivière, et regardait les rides de l'eau.) Que faisais-tu avant d'épouser Elray ?

— J'étais docteur.

— Et ?

— Une sorte d'historienne. Je n'ai jamais vraiment pratiqué la médecine après l'obtention de mon diplôme. Un poste était disponible à la Kladour et je l'ai pris : recherche biologique et structure génétique de la vie indigène. C'est pour cela que j'en sais autant sur les Hegelt. L'un des professeurs avait une théorie, ou avait entendu parler d'une théorie, selon laquelle tous les hommes ont le même monde pour origine. Risible, bien entendu, mais c'était amusant de la réfuter.

— Et tu y es parvenue ?

— A la réfuter ? Bien, cela n'a pas été vraiment nécessaire. Après tout, cette idée est d'une absurdité fantastique. Comment une seule planète pourrait-elle fournir tous les gens qui peuplent la galaxie ? Et pense à tous les types différents. (Elle s'étira un peu, ne prenant pas garde à la façon dont la robe glissa sur ses épaules.) Tu t'intéresses vraiment aux Hegelt, Earl ?

— Pas aux Hegelt. Au Peuple Original.

— Il y a une différence ?

— Les gens du Peuple Original sont membres d'un culte religieux dont la croyance fondamentale est que toute l'humanité à essaimé à partir d'une source unique. Ils croient que cette source était une planète appelée Terra. C'est un groupe très secret qui ne cherche pas à faire de nouveaux adeptes et dont les activités sont enveloppées par le mystère. En as-tu jamais entendu parler ? Y a-t-il des renseignements à leur sujet dans la Kladour ?

— Pas à ma connaissance.

— En es-tu certaine ? Dans quelque vieux bouquin, peut-être une simple allusion. N'importe quoi.

Elle perçut dans sa voix une soif à l'état brut, un espoir, trop souvent déçu, mais constamment vivant. Elle releva les épaules de la pelouse et s'assit les mains autour des genoux, considérant son profil, la ligne dure de la mâchoire bien nette sur la lueur du ciel.

— Je ne connais rien de tel. Mais pourquoi t'y intéresses-tu autant ?

— Terra est l'autre nom de la Terre.

— La Terre, fit-elle d'un air méditatif. Dans ton délire, tu en as déjà parlé. La Terre, Un endroit ?

— Un monde. Le mien.

— Une planète peut-elle avoir un tel nom ? (Sa voix était légère, assortie aux tintinnabulements de l'onde.) Autant l'appeler glèbe, sable, ou humus. Ceci est de la terre. (Sa main toucha le sol.) Mais nous appelons ce lieu Ourelle.

— La Terre est réelle, insista-t-il. Un monde ancien et marqué par des guerres antiques. Les étoiles sont rares et une lune unique plane comme un soleil pâle dans le ciel nocturne.

— Une légende. J'en connais un certain nombre. Des mondes qui n'ont jamais existé : Jackpot, Eldorado, Bonanza ou Camelot. Eden aussi, quoique je croie qu'il y en ait effectivement une.

— Trois, répondit Dumarest. Et il en existe peut-être davantage encore. Mais il n'y a qu'une seule Terre et je suis né dessus. Un jour, je la retrouverai.

— Mais... (Elle s'interrompit et fronça les sourcils, puis demanda doucement, comme si elle s'adressait à un enfant :) Tu dis que tu es né dessus et que tu as dû la quitter. Pourquoi ne peux-tu donc simplement y retourner ?

— Parce que personne ne sait où elle se trouve. Elle n'est cataloguée dans aucun almanach, le nom lui-même semble n'avoir aucune signification, les coordonnées sont absentes. Les gens pensent que c'est une légende et sourient quand je prononce ce nom.

— Un monde perdu, dit-elle, songeuse. En bordure de la galaxie ; ce doit être ça, si les étoiles y sont rares. Les vaisseaux et les liaisons commerciales ne doivent pas être nombreux. Mais tu l'as quitté, as-tu dit ?

— Quand j'étais gosse. J'étais passager clandestin d'un appareil, mais le capitaine était bon enfant et m'a considéré comme son fils. Il aurait dû m'évacuer ; il m'a permis de travailler pour payer mon passage. Puis il y a eu d'autres voyages, d'autres mondes.

Vers le Centre, toujours vers le Centre, où les planètes étaient proches et les vaisseaux foisonnaient. Il avait voyagé des années et le nom même de la Terre avait été oublié, était devenu moins qu'un rêve. Puis les années passées à chercher constamment quelqu'un qui connût le chemin du retour, les coordonnées qui le guideraient pour revenir.

Il sentit le contact de sa main sur la sienne et se tourna ; il vit ses yeux élargis par la compassion, brillant d'émotion.

— Je crois que je te comprends, maintenant, dit-elle doucement. Je savais que tu étais en quête de quelque chose et je pensais... enfin, peu importe. Mais je ne me doutais pas... comment aurais-je pu deviner ?... que tu étais perdu et que tu recherchais ta patrie. N'as-tu aucun indice ? Rien pour te guider ?

Des fragments. Un secteur de la galaxie, quelques notes, un nom, d'autres détails. Suffisamment pour avancer, s'il pouvait trouver l'argent pour louer des machines et des experts, puis un vaisseau, et assurer sa survie. Mais il y avait toujours l'espoir de pouvoir trouver un autre moyen : une personne qui connaîtrait l'emplacement de la Terre ; des chiffres qui lui fourniraient la réponse.

— Earl ! (Ses doigts se crispèrent sur sa main et il sentit la montée de son émotion.) Oh, Earl !

— Voilà donc le récit de ma vie, fit-il avec légèreté. Un fugueur qui pense qu'il y a belle lurette qu'il aurait dû rentrer chez lui. C'est pourquoi je pars dès demain. Ou plutôt aujourd'hui.

Elle leva les yeux vers les étoiles.

— Oui, aujourd'hui. Mais te faut-il vraiment partir ?

— Oui.

— Mais pourquoi, Earl ? C'est avec plaisir, grand plaisir, que je t'héberge.

— Et Elray ?

— Lui aussi. Tu ne penses tout de même pas... (Elle s'interrompit, puis reprit d'une voix égale :) Tu as tout entendu. Tu as dû l'entendre. Tu es entré dans la maison puis tu es ressorti avant de revenir. Et puis ? Quelle différence cela fait-il ?

Il ne répondit rien et regarda le ciel, le fil argenté d'une météorite qui se reflétait dans l'eau de la rivière.

— Nous sommes mariés, dit-elle mornement. Sur Ourelle, un contrat de ce genre n'est pas tellement important et peut être rompu dès que l'une des parties le désire. Notre mariage n'est d'ailleurs que de convenance. Mon argent a payé la ferme et Elray était prêt à y travailler. Un arrangement mutuel pour une protection mutuelle, parce que, même sur Ourelle, une mère célibataire éprouve de sérieuses difficultés. Et un gamin a besoin d'un père, d'un homme à émuler, à suivre, qui lui donne un sentiment de sécurité. Earl !

— Non !

— Jondelle t'aime bien. Il a besoin de toi. La ferme m'appartient. Si...

— Non, répéta-t-il sévèrement. N'y pense plus !

Elle savait qu'il était inutile de discuter ; elle s'allongea sur l'herbe parfumée, la lueur des étoiles chaude sur le doux contour des cuisses et des épaules, le gonflement capiteux de ses seins. Un appât tentateur pour un homme solidaire, couplé en plus avec la ferme et la sécurité qu'elle offrait, auquel il était d'autant plus difficile de résister qu'il y avait aussi un enfant dont il avait déjà acquis l'amitié et davantage encore. Un petit garçon qu'il pourrait très facilement considérer comme son fils. Bel échange contre le vide sinistre entre les étoiles, la quête interminable d'un monde oublié.

Elle déclara paisiblement :

— Voilà ce qui pourrait se passer, Earl : nous pourrions tous nous rendre en ville, le divorce serait prononcé, le mariage scellé, une pension versée à Elray. Tu dirigerais les lieux et tu pourrais regarder grandir Jondelle, lui apprendre ce qu'il faut qu'il sache et le guider sur la voie qu'il doit prendre. Mais tu ne veux pas de cela. Je vais donc te faire une proposition : reste ici un certain temps. Veille sur l'enfant. Donne-lui une année de ta vie.

Une femme déterminée, songea-t-il, et intelligente. Dans un an, il serait pris au piège, ne désirant plus ou incapable d'abandonner l'enfant, prêt à adopter un nouvel arrangement. Et, pour cela, moins d'une année suffirait, avec son harcèlement et l'aggressivité obstiné d'Elray.

— Earl ?

— Il se fait tard. Nous devrions retourner à la maison.

— Cela ne t'intéresse pas ?

— Non.

— Pas même dans l'intérêt de l'enfant ?

— Si tu as peur pour lui, alors vends ta ferme et emménage en ville. Engage des vigiles. Mieux encore, prenez un vaisseau et cachez-vous sur un autre monde.

— Ainsi que tu l'as fait, Earl ?

Il nota son intonation et se rappela qu'elle l'avait mis

sous hypnose, incapable de résister à ses investigations. Et une femme curieuse ne se serait pas arrêtée à la découverte de son nom.

— Ainsi que je l'ai fait, admit-il. Mais cela, tu le sais.

— Je l'ai deviné. Je n'ai pas fouiné, tu as ma parole, mais certaines choses sont évidentes. Une peur que tu essaies de dissimuler, un détail que tu dois garder secret et... (Elle s'interrompit en regardant le ciel.) Earl.

— Qu'y a-t-il ?

— Là ! Tu vois ?

Une tache de ténèbres sur la splendeur lumineuse du ciel. Un rectangle qui se déplaçait et grandissait sous leurs yeux, pour se poser derrière la maison et le groupe de cahutes.

— Une chaloupe, dit-il. Des visiteurs, peut-être ?

Un grondement lui répondit. Une détonation d'explosifs suivie d'une colonne de feu, qui se répéta tandis que les ouvriers hurlaient et entraient en courant dans l'abri des ténèbres. De nouvelles flammes s'élevèrent et peignirent les lieux de rouge et d'orange, des embrasements naquirent des murs et des toits, emplirent l'air de fumée et de la puanteur du carbone.

Dumarest sentit la femme quitter son côté pour se précipiter vers la maison. Il la suivit, la prit par le bras et la projeta au sol, une main appuyée sur la bouche.

— Silence, lui souffla-t-il dans l'oreille. Tu me le promets ?

Elle hocha la tête, déglutit lorsqu'il lui lâcha la bouche et sanglota en contemplant cette dévastation.

— Le petit, Earl ! Grand Dieu, le petit !

Il se trouvait à l'intérieur de la maison avec Elray et quelques serviteurs, et jusqu'à présent, la maison était intacte. Dumarest étrécit les yeux en fixant l'éclat croissant. Devant les cahutes en feu, il distinguait des formes bizarres, des hommes en armures hérissées de pointes, la tête masquée et couverte d'un heaume couronné de plumails et de flammes. Des déments qui se livraient à une destruction gratuite... ou des hommes qui voulaient précisément donner cette impression.

Il en vit un lever le bras et jeter un objet dans une grange. Le tonnerre, la fumée et les flammes jaillirent de la porte ouverte. D'autres couraient en tous sens dans la cour, les armes tirant sur les formes qui se ratatinaient, un rire aigu s'élevant au-dessus des cris d'agonie.

— Des Melevganiens, dit la femme. Ils viennent d'au-delà des déserts du sud. Des malades mentaux, tous sans exception. Earl ! Il faut sauver le petit !

Il la maintint contre le sol, une main appuyée sur le dos, sentant les muscles qui se bandaient et tressautaient comme elle essayait de se relever.

— Nous ne pouvons rien faire, souffla-t-il. Pour l'instant. Et l'enfant n'est pas en danger imminent.

Il visa la maison. Les fenêtres n'étaient pas éclairées, le verre rubis sous les reflets du feu, ce qui n'était pas normal. Aucune des fenêtres ne s'était ouverte. Elray aurait dû être réveillé, ainsi que les domestiques, et ils devaient posséder des armes, pour tuer ne fût-ce qu'une bête blessée. Et un fusil qui pouvait tuer un animal pouvait faire de même d'un homme. Elray devait actuellement se trouver derrière une fenêtre, prêt à défendre les siens.

Il considéra à nouveau les attaquants. Une douzaine, estima-t-il, dix au moins, mais, à la lumière des flammes, il était difficile d'être précis. Ils se déplaçaient de façon heurtée, s'arrêtaient, donnaient un coup de poignard, puis repartaient, grotesques avec leur heaume et leur armure. Un groupe de pillards qui se livraient à une destruction facile en évitant d'approcher la maison et le danger qu'elle pouvait contenir... ou bien un groupe qui éliminait toute opposition avec une précision calculée ?

— Tu es sûre de ce qu'ils sont ?

Il la sentit de nouveau se tendre sous sa main, puis se calmer en sanglotant.

Il la gifla de sa main libre.

— Contrôle-toi ! Réponds-moi : en es-tu sûre ?

— Leurs vêtements, dit-elle. La façon dont ils agissent. Des fous, des dingos, drogués et dégénérés, et ils s'amusent comme ça. Ils brûlent, ils détruisent, ils tuent tout ce qui vit. Tout, Earl ! Tout !

— Pourquoi Elray ne leur tire-t-il pas dessus ? Il n'y a pas d'armes dans la maison ?

— Deux ou trois fusils, mais il ne les utilisera pas. Il déteste la violence. (Sa voix se durcit.) Ce sale lâche ! S'il survit, je lui trancherai la gorge ! Earl, qu'est-ce qu'on peut faire ?

Une douzaine d'hommes équipés de grenades, de lances et probablement d'armes à projectiles. Protégés par des casques et des armures et ivres de sang. Contre eux, il ne disposait que d'un poignard.

— Passe à l'arrière de la maison, lui dit-il. Sois prudente ; jette-toi à terre si tu vois quoi que ce soit et ne bouge plus jusqu'à ce qu'il n'y ait plus rien. Entre si tu le peux et récupère le petit. Et aussi un fusil, si tu peux y arriver. Ensuite, ressors et dirige-toi vers la rivière. Suis-la jusqu'à la crête et cache-toi parmi les arbres. Si quelqu'un essaie de t'arrêter, tire sans hésiter. Tire et enfuis-toi.

— Et toi, Earl ?

— Je vais attaquer par-devant et essayer de créer une diversion.

Il vit un trait de flammes bordés d'étincelles s'approcher dangereusement de la maison. Des silhouettes en armures se dirigeaient maintenant vers la bâtisse intacte.

— Allez !

Il se leva tandis qu'elle s'éloignait en courant, pliée en deux. Une forme sombre se précipita vers lui, l'un des ouvriers qui s'était échappé, gémissant de terreur, une silhouette en armure sur les talons. Sous le regard de Dumarest, la lance se leva, se braqua et cracha une langue de feu. L'ouvrier explosa en flammes.

Les lasers eussent été silencieux et plus efficaces, mais, pour des déments qui se délectaient du bruit et de la fureur de la destruction, ils étaient moins satisfaisants. La lance était une arme à double utilisation, objet pointu et lance-projectiles. Dumarest bondit une première fois de côté comme elle se braquait sur lui, puis une seconde pour arriver à portée de l'homme tandis que flamme et bruit jaillissaient. Sa main gauche balaya l'arme, le pied droit lança un coup brutal contre un genou cuirassé.

Il sentit quelque chose lâcher et entendit le personnage hurler d'une rage démente. Un poing se leva et s'abattit comme une masse d'armes, le feu se reflétant sur les pointes au bout de chaque phalange. Il l'évita et le vent souffla sur sa joue ; il s'était relevé avant que le poing se fût à nouveau abattu et s'était posté derrière la silhouette, sa main gauche serra la gorge, le poignard dans la droite pénétrant dans la visière. Il frappa à deux reprises, aveuglant, tuant, perçant le cerveau, et libéra la lame tandis que la silhouette s'écroulait.

Dumarest fouilla rapidement le corps. Une musette contenait trois objets ronds, des grenades très simples avec goupille et cuillère. Il les fourra dans une poche de sa tunique. La lance était longue et peu maniable, un bouton au départ du canon. Il regarda en direction de la maison. Trois personnages étaient tout près de la porte, l'un touchant presque le panneau, les autres un peu en arrière et de côté. D'autres encore vinrent les rejoindre, apparemment las de s'attaquer aux cahutes.

L'homme mort constituait un appui commode. Dumarest s'allongea derrière lui, la lance reposant sur la poitrine cuirassée, les yeux étrécis tandis qu'il visait le long du canon. L'arme lâchait probablement une espèce de roquette et il doutait de sa précision.

L'éclairage était mauvais, les ombres trompeuses et, s'il manquait la silhouette proche de la porte, il risquait de faire éclater le panneau. Il déplaça légèrement le canon, assura sa visée et appuya sur le bouton.

Le feu fleurit sur le mur de la maison, en hauteur et sur le côté du petit groupe. Il ajusta sa visée et tira encore deux fois ; l'arme était désormais vide. Devant la maison, un homme tituba en hurlant, les mains sur le heaume en feu. Deux autres tressautaient à terre, un troisième rampait comme un insecte écrasé. Sous le regard de Dumarest, il se releva en trébuchant et en secouant la tête ; ébranlé par l'explosion, mais indemne.

Quatre morts, mais il devait y en avoir d'autres et il lui fallait donner sa chance à la femme. Dumarest se leva, une grenade à la main. Il tira sur la goupille et jeta l'arme vers la maison, fit volte-face avant qu'elle ne soit retombée, courut tandis qu'elle explosait, sa silhouette se découpant dans la lumière des cahutes en feu. Plus loin devait se trouver la chaloupe, probablement non gardée ou, si elle l'était, surveillée par des hommes nerveux et impatients. Pour ceux qui l'avaient vu, cela devait être important : ils voudraient la garder intacte et ils allaient le suivre.

Il aperçut presque trop tard les deux personnages aux lances levées, des flammes brillant sur la crête de leur heaume, le feu étincelant sur les pointes de leur armures. Ils se tenaient à l'entrée de la cour et lui barraient la route tandis que d'autres venaient le coincer par-derrière. Sans hésiter, il plongea de côté, heurta le mur en feu d'une cahute, roula à travers les flammes en retenant son souffle, les yeux fermés, sentit le baiser du brasier sur ses mains et son visage et entendit le crépitement de ses cheveux. La cahute était petite ; son élan lui fit traverser le mur opposé en une pluie d'étincelles. Il se releva et jeta une deuxième grenade, se remit à courir avant qu'elle eût explosé et il entendit le grondement, les hurlements et les ordres que l'on lançait.

Un nouveau cri s'éleva, aigu, strident, en provenance de l'arrière de la maison.

CHAPITRE IV

Makgar avait été capturée. Un personnage en armure lui tenait chaque bras et elle était pâle à la lueur des étoiles. La maison abritait le petit groupe de la lumière des incendies, l'ombre accentuant les ténèbres, de telle sorte qu'un instant Dumarest n'aperçut pas le troisième homme. Puis il bougea et la lumière éclaira des cheveux blonds : le petit garçon entre ses bras.

— Je vous en supplie, les implora-t-elle. N'emmenez pas le petit. Laissez-le. Je vous donnerai tout ce que vous voulez, mais laissez-le.

L'un des hommes qui la tenaient eut un rire étouffé, sa voix grêle, aiguë, démente, hideuse.

— Que peux-tu nous donner, femme, que nous n'ayons déjà ?

— De l'argent. Je vendrai la ferme et je vous donnerai tout. Plus encore, je travaillerai et je vous donnerai tout ce que je gagnerai. Je serai votre esclave, si vous voulez... mais ne faites pas de mal à cet enfant.

— Bel enfant. Un enfant robuste. Jeune comme il est, il sera facile de le... manipuler. Des agrafes, des chevilles et des lanières peuvent guider sa croissance. Des chevalets, des poids et d'autres appareils peuvent le transformer, l'étirer et en faire un objet de plaisir.

As-tu vu notre ménagerie ? Certains de nos spécimens, on ne les prendrait jamais pour des hommes.

Il éclata de rire, ce qui produisit un bruit de clou frotté sur une ardoise, un grincement dégradé dépourvu de tout amusement.

— Non ! (La sueur brillait sur le visage de Makgar et ses yeux étaient affolés.) Pas ça ! Grand Dieu, pas ça !

— Cette perspective t'amuse, femme ? Après tout, pourquoi serait-il comme les autres hommes ? Une personne ordinaire alors qu'il pourrait être façonné pour devenir un être unique. Les bras, par exemple, doublés de longueur. Les jambes aussi, ou la tête modelée en cône, le dos courbé comme un serpent. Cette idée t'amuse-t-elle ?

— Suffit ! dit l'autre homme.

— Tu t'y opposes ?

— On ne parle plus comme ça. (Sa voix était grave et faisait écho dans le heaume fermé.) Nous avons le gamin et nous pouvons partir.

— Déjà ? Alors qu'on peut encore s'amuser ? Je ne pense pas. (La voix grêle se fit menaçante.) La maison est encore debout, la femme est en vie et il y a un autre homme. Il faut aussi lui régler son compte avant l'aube.

— Agis comme bon te semble, mais il ne faut pas faire de mal à l'enfant. Accompagnez-moi jusqu'à la chaloupe.

Il s'avança, sûr d'être obéi, personnage énorme à la lumière des cahutes en feu. Derrière lui, la femme se débattit entre les mains gantelées de fer qui l'étreignaient.

— Jondelle !

Le petit garçon ne répondit pas. Il semblait être endormi dans les bras de l'homme imposant, la tête dodelinant contre l'épaule cuirassée. Drogué, songea Dumarest, certainement pas mort. Ils ne se seraient pas donné la peine d'emporter un enfant mort. Il vit le mouvement de la poitrine qui se soulevait, les perles remuant en même temps, leurs couleurs brillantes se déplaçant sous la lumière. Sur les joues pâles, les cils ressemblaient à une dentelle délicate.

L'homme s'arrêta.

— Venez, gronda-t-il. Accompagnez-moi. Je ne vous le demanderai pas une seconde fois.

La voix grêle émit un petit rire étouffé.

— Tu nous le demandes ? Tu ne nous l'ordonnes pas ?

— Je vous le demande.

— Nous accepterons alors. Nous sommes des gens raisonnables, des plus raisonnables, mais nous ne recevons pas facilement d'ordres. En chemin, je pourrai songer à une méthode pour amuser cette femme. Du feu sur les pieds, peut-être, ni trop chaud ni trop important, mais juste assez pour la raccourcir. Ensuite... mais il ne faut pas se hâter avec ce genre de choses. Je vais m'y attacher tandis que nous te suivrons.

Ils passèrent et Dumarest se leva derrière eux comme un fantôme. Les heaumes limitaient leur champ de vision ; ils voyaient devant mais pas sur le côté et assurément pas derrière. Il n'y avait personne d'autre à la maison ; il s'en était assuré. Mais il lui faudrait agir rapidement avant qu'ils n'eussent rejoint leurs camarades.

Trois hommes. Celui qui tenait l'enfant serait gêné, lent à se retourner, plus lent dans ses actes. Ceux qui tenaient la femme étaient plus dangereux et, pour les vaincre, il lui faudrait de la rapidité et de la précision, mais s'il pouvait la libérer, il aurait ainsi un allié.

Si elle parvenait à oublier son inquiétude pour l'enfant, à résister à son impulsion naturelle la poussant à courir vers lui, et si elle ne ratait pas l'occasion.

Il s'avança et fit tomber l'homme à droite de Makgar.

Ce fut vite fait. L'homme bascula et laissa tomber sa lance, lâchant la prise qu'il avait sur la femme pour se protéger. Dumarest plongea à ce moment sur l'autre homme dont il agrippa l'épaule droite et tira le bras piégé contre son corps. Il sentit l'os craquer tandis que le coude cédait sous l'armure ; lorsque la main lui lâcha le bras, il lança à la femme :

— L'autre. Occupe-t'en !

Il arracha le poignard de sa botte comme un poing épineux plongeait vers son visage et il sentit les pointes lui écorcher le cuir chevelu. La lame se leva et perça le heaume, cherchant une fente et ne trouvant que des trous d'aération. Le poing redescendit et heurta son épaule, arrachant le plastique et révélant le métal sous-jacent. Dumarest réussit à relever la visière et à exposer le visage. Il était peint, grimaçant, masque malveillant d'animal féroce. La bouche ouverte révéla les dents limées en pointe et se referma pour attaquer la lame. Dumarest la libéra et la relança vers les yeux qui le foudroyaient, la pointe s'insérant entre le globe oculaire et l'arcade sourcilière et s'enfonçant profondément dans le cerveau.

Derrière s'éleva un cri démentiel.

Makgar avait profité de l'occasion. L'homme à terre avait essayé de se dresser et elle lui avait sauté sur le dos, avait relevé sa visière et, lorsque ses mains reparurent, elles étaient rouges de sang ; ses seins nus se soulevaient sous la robe entrouverte.

— Il n'est pas mort, haleta-t-elle. Mais il ne voit plus. Je lui ai percé les yeux. Le petit ?

Le géant avait disparu avec l'enfant. Dumarest se saisit d'une lance et courut le long des cahutes en feu. Un personnage sombre surgit de côté, la lance levée. Dumarest tira en appuyant sur le bouton et un flot de projectiles fila. L'un toucha le sol aux pieds de l'homme, un autre percuta sa poitrine cuirassée. Le troisième se perdit.

— Jondelle, dit-elle. Vite !

Les incendies restèrent derrière eux, léchant un mur

de nuit parcourue d'étoiles. Le contraste était trop fort ; devant la lumière du feu, tout n'était que ténèbres et ombres illusoires. Dumarest fit halte, conscient du danger, l'incendie dans son dos, les ennemis en attente. La femme rejeta toute prudence.

— Vite ! haleta-t-elle. Dépêchons !

Quelque part se trouvaient la chaloupe et un homme, ou plusieurs, plus probablement. Le géant avec l'enfant et ceux qui avaient dû rester pour monter la garde. Dumarest frappa la femme, projetant le poids de son corps contre son flanc et l'envoyant s'affaler au sol. Il la suivit et la maintint allongée tandis que des rais de feu passaient par-dessus leur tête pour exploser parmi les cahutes en train de brûler.

— Earl !

— Tais-toi !

Toute parole risquait de révéler leur position. Il leva prudemment la tête et fixa le ciel scintillant. Sur celui-ci, il vit quelque chose se déplacer, sombre, aux formes régulières, en train de s'envoler lentement.

— La chaloupe ! Earl, ils s'échappent !

Elle roula sous sa main et se releva avant qu'il eût pu l'arrêter, courant sur l'herbe en direction du véhicule en train de monter. Il se redressa et saisit sa dernière grenade, puis la jeta de côté ; s'il réussissait à l'envoyer à l'intérieur de la chaloupe, elle tuerait certainement l'enfant. Mais il pouvait peut-être l'endommager, la ralentir d'une manière ou d'une autre, voire l'obliger à se poser. Il brandit sa lance, visa et appuya sur le bouton.

Le feu explosa contre le métal, éclat brillant qui aspergea le dessous du véhicule, et les têtes casquées apparurent par-dessus le plat-bord. Deux. Il tira encore et le projectile heurta le bord arrière, la lumière révélant les canons pointés sur lui. Il tira encore à deux reprises en direction du moteur, de la génératrice de courant qui alimentait les unités antigravifiques.

La lance était vide et il dut la jeter et se coller au sol en se couvrant les oreilles comme les autres contre-attaquaient.

Il fut miraculeusement épargné et se releva quand les projectiles eurent cessé de pleuvoir, conscient d'une douleur causée par des fragments, un filet de sang issu d'une coupure lui coulant sur le visage.

— Makgar ! (Il regarda autour de lui et essuya le sang qu'il avait sur les yeux.) Makgar ?

Elle était allongée, l'air toute petite et fragile dans les lambeaux de sa robe, le tissu brillant encore plus éclatant du rubis de son sang. Autour d'elle, le sol était vérolé de cratères, la terre brûlée et ravagée, humide là où elle reposait. Le feu lointain attira son regard et en accrut l'éclat et la douleur.

— Earl ?

— Ils se sont échappés, dit-il d'une voix égale. Je pense avoir endommagé leur chaloupe et ils ne devraient pas aller très vite ni très loin. Et toi ?

— Mon flanc. C'est comme si j'avais reçu un coup de pied. Earl...

— Ne parle pas. Ne bouge pas. Attends simplement que je revienne.

— Tu t'en vas ?

— Ils sont partis précipitamment, dit-il d'une voix sinistre. Il faut que je m'assure qu'il n'en est resté aucun.

Le secteur était sans vie, silencieux en dehors du crépitement des flammes. Tout près de la maison, il entendit les gémissements de l'homme qu'avait blessé Makgar, mais il l'ignora et alla vers l'arrière jusqu'à une fenêtre ouverte, puis se glissa à l'intérieur, le poignard sorti, les yeux aux aguets. Les ouvriers étaient morts, les serviteurs entassés près d'Elray vers qui ils étaient venus chercher protection. Il gisait à côté d'un fusil, le côté de la tête défoncé et sanglant, une main tendue comme en une supplication muette. Peut-être était-ce précisément ce qu'il avait essayé de faire, parler au lieu d'agir, implorer au lieu d'utiliser le fusil qui aurait pu lui sauver la vie. Dumarest prit l'arme, un bon fusil chargé de projectiles capables de pénétrer n'importe quelle cuirasse. Elray aurait pu grimper dans une salle du haut et abattre un à un tous les intrus devant les flammes, tandis qu'ils se trouvaient dans l'escalier. Eût-il agi que l'enfant n'eût pas été enlevé ni la femme blessée.

Elle leva les yeux lorsqu'il se pencha sur elle.

— Earl ?

— Tout va bien. Je vais te porter dans la maison.

— Elray ?

— Mort.

— J'en suis contente, chuchota-t-elle. Il aurait pu faire quelque chose, utiliser les fusils, n'importe quoi. Il n'aurait pas dû les laisser s'emparer du petit.

— Peut-être n'a-t-il rien pu faire.

— Ils attendaient. Dans la maison. Ils m'ont mis le grappin dessus quand je... enfin, peu importe. Ce n'est plus important. Mais il aurait pu faire quelque chose. Il m'avait promis de veiller sur le gosse. Il me l'avait promis.

Elle gémit lorsqu'il la souleva, le sang montant dans la blessure qu'elle avait au flanc, sombre, enflée.

— Ça fait mal, murmura-t-elle. Mon Dieu, que ça fait mal !

Sa tête oscilla dans le vide, les yeux rendus vitreux par la souffrance, tandis qu'il la transportait dans la maison. Il alluma toutes les lampes, l'emporta dans sa chambre, ôta la couverture du lit et la déposa à même le drap. Il jeta la robe dans un coin et examina son corps nu. Le projectile avait fait de terribles dégâts internes. Il prit de l'eau chaude et nettoya la blessure, utilisant des bouts de draps propres pour la bander. Dans un placard du rez-de-chaussée, il trouva des médicaments qu'il étudia en fronçant les sourcils. Du ralentisseur temporel lui eût été utile, mais on n'en trouvait guère en dehors des vaisseaux qui parcouraient l'espace... les passagers qui voyageaient en Haut s'en servant pour raccourcir l'ennui de la traversée.

Il prit des antibiotiques et un pistolet hypodermique, chargea l'instrument qu'il testa devant une feuille de papier qui fut percée comme l'eût été la peau par l'aiguille d'air. Un autre flacon contenait un sédatif, le troisième un analgésique. Il emporta le tout au premier et le lui injecta.

— Earl. (Les médicaments étaient rapides ; chose incroyable, elle parvint à sourire.) Tu es efficace, Earl. C'est quelque chose qui me plaît chez un homme. Tu sais ce que tu fais et tu le fais sans hésitation, mais tu ne devrais pas perdre ton temps.

— C'est le mien.

— Et ma vie... ou du moins ce qu'il en reste.

— Tu es blessée, dit-il d'une voix égale. Gravement, mais tu es encore en vie. Si tu le veux, tu pourras le rester. Abandonne et je pourrais aussi bien t'enterrer tout de suite.

— Je suis docteur. Il ne faut pas que tu me mentes.

— Est-ce que je mens ?

— Non, mais... (Elle se reprit et se força à ouvrir les yeux.) J'ai tellement sommeil, mais il ne faut pas que je dorme. Il y a quelque chose. Le petit. Earl !

— Il ira bien. L'homme qui l'a enlevé ne lui fera pas de mal. Et nous le retrouverons. Je te le promets.

Elle s'agita en luttant contre les drogues qu'il avait introduites dans son sang.

Il demanda rapidement :

— Vous avez une radio ? Un moyen d'appeler de l'aide ?

— Non, pas de radio, on voulait être isolés. Rien que...

— Dors, maintenant.

— Il ne faut pas. (Elle se forçait de nouveau à rester éveillée.) Tu n'aurais pas dû me donner ce sédatif. Il y a des choses que je dois te dire.

— Après.

— Maintenant, avant qu'il soit trop tard. Il faut que tu me promettes... Earl... il faut...

Elle poussa un soupir et s'abandonna aux drogues, se détendant et paraissant plus jeune que jamais. Pourtant, elle était loin d'être une jeune fille, les courbes de son corps avaient une maturité capiteuse, ses muscles étaient fermes, la graisse lui donnant des rondeurs suaves. Il la recouvrit, empila les couvertures et arrangea son oreiller, puis, la bouche pincée, il quitta la maison et sortit dans la cour.

L'homme qu'elle avait aveuglé était toujours en vie. Il rampait dans son armure comme un monstre abattu, couinant, ses gants hérissés de pointes raclant la terre. Dumarest le considéra sans pitié et se rappela tout ce qu'il avait dit, les menaces qu'il avait proférées. Il se saisit d'une épaule et fit tourner l'homme sur le dos, le visage ravagé hideux dans ses peintures brillant à la lumière des incendies.

— Ecoute-moi, dit Dumarest. Je veux te dire quelque chose d'amusant. Tu es aveugle, mais je vais te le décrire. Un homme aux formes nouvelles. Un feu qui lui carbonise totalement les pieds, un poignard qui lui ôte les mains, les oreilles, le nez. Le même poignard qui lui tranche la langue et arrache les intestins à son ventre. L'acide trace des dessins sur sa chair. Tu apprécies cette image ? Une œuvre d'art appropriée à ta ménagerie. Cet homme, ce sera toi, si tu refuses de parler.

Les lèvres minces s'écartèrent pour révéler les dents limées.

— Mes yeux ! Cette douleur...

— ... sera bien pire si tu ne me dis pas ce que je veux savoir ! Qui es-tu ? D'où viens-tu ?

— Ils ont menti ! gémit la voix nerveuse. Ils ont dit qu'il n'y aurait pas d'opposition. Rien que quelques Hegelt, une femme et un gamin.

— Qui a menti ?

— Ceux qui ont voulu venir avec nous. Pour s'amuser, ils ont dit. De l'argent, une chaloupe et on pouvait faire ce qu'on voulait. Un raid, c'était tout. Une nuit de rigolade. Mes yeux !

— L'homme qui a emporté l'enfant. Quel est son nom ?

— Pourquoi m'en soucierais-je ?

— D'où est-il venu ?

— Que sont les étrangers, pour nous ?

— Espèce de saloperie ! grogna Dumarest. Parle !

Chose incroyable, la créature sourit.

— Je parlerai. Je suis Tars Krandle, de la noblesse de Melevgan, et si tu m'amènes là où je pourrai recevoir une aide médicale, je saurai te récompenser. Ton propre poids en argent, des femmes d'une beauté attirante, une sélection de mon propre... (Il s'interrompit en riant, le son ténu faisant écho à sa folie.) Ou bien je te chanterai l'hymne des Emphali. Ils chantent quand on les écartèle lentement... le savais-tu ? J'ai un enregistrement très intéressant et je t'en donnerai une copie, si tu acceptes de m'aider. Ou bien... (Il eut un petit rire étouffé.) Ou bien, peut-être, je ne parlerai pas du tout. Tu ne peux m'y forcer. Nul ne peut forcer un membre de ma race à faire quelque chose qu'il ne veut pas. Ni toi ni personne. Nous sommes les élus.

— Tu vas parler.

Dumarest sortit bruyamment le poignard de sa gaine et appuya le plat de la lame contre la joue flasque.

— Tu sens ça ? C'est un poignard. Je vais le chauffer à rouge et te toucher à nouveau. Dois-je te dire à quel endroit ?

— Tu ne me feras pas parler. Personne ne peut dire

à un noble melevganien ce qu'il doit faire. Nous savons vivre... et mourir.

— Tu mourras, lui promit férocement Dumarest. Mais cela prendra du temps et l'attente ne sera pas agréable. Tu sens la chaleur des feux ? Ils sont tout près et ils pourraient se rapprocher encore. Maintenant, dis-moi qui était cet homme et pourquoi il voulait le gamin ?

— Je ne sais pas. Ce genre de chose ne m'intéresse pas.

— Où l'a-t-il emmené ?

Dumarest recula brutalement lorsque l'homme se releva en une explosion d'énergie, car il avait perçu plutôt que vu les mains gantées qui se dirigeaient vers sa tête. Il les évita sans peine et les regarda se heurter pour retomber sur la poitrine et l'aine protégées qu'elles battirent sauvagement. Hurlant d'une rage démente, le Melevganien se leva, ses poings fouettant l'air et le front de son heaume. Le sang brilla sur les pointes tandis que, toujours criant et titubant, il pénétrait aveuglément dans un monticule rougeoyant de cendres et tombait au cœur des tisons brûlants.

Lugubrement, Dumarest le regarda brûler. L'homme avait créé la ruine et la dévastation, il avait tué sans scrupules et lancé d'abominables horreurs uniquement pour s'amuser. Un monstre dément qui avait choisi sa propre mort... et qui était mort en emportant avec lui ce qu'il savait.

Il s'étira, conscient de la douleur de son corps, le picotement des brûlures sur ses mains et son visage, mais certaines choses restaient à faire avant de se soigner. Les cahutes avaient brûlé, tous les lieux n'étaient plus que destruction, les morts le visage tourné vers le ciel. Dumarest n'y toucha pas. Sous les heaumes, les visages des hommes cuirassés étaient les mêmes. Les étrangers s'étaient tous échappés dans la chaloupe. Deux d'entre eux, du moins, présuma-t-il. Le géant n'aurait jamais confié le véhicule à la folie avide de sang des Melevganiens même s'ils étaient prêts à oublier leur amusement. Mais il y avait une autre chaloupe, celle d'Elray, et il lui fallait la retrouver.

Elle était ensevelie sous une montagne de bois et de pierre, le métal tordu, le moteur endommagé par des fragments de débris. Il la dégagea tandis que le soleil levant projetait sur les lieux une lumière verte et que sa tête tournait sous l'effet de la fatigue. Avec l'aube arrivèrent des formes furtives, les Hegelt qui revenaient pleurer leurs morts, leur voix s'élevant pour se mêler à la brise matinale.

CHAPITRE V

La pièce était telle qu'il en avait le souvenir, chaude, une douce lumière dorée, l'air parfumé d'arômes épicés. A son bureau, Akon Batik portait la même robe noire et jaune, la gemme dans sa coiffure un œil de rubis vivant. Il versa le vin et dit après l'avoir siroté :

— Triste histoire. Une tragédie. Mais sur Ourelle, ce genre d'histoire est fréquent. Sur d'autres mondes aussi, sans doute. Mais pourquoi êtes-vous venu me voir ?

— Pour avoir de l'aide. Des renseignements.

— Que vous pensez que je puis vous procurer ?

— Que je vous pense seul capable d'obtenir. Un enfant a été enlevé. Un jeune garçon qui vivait paisiblement dans une ferme. Je veux savoir pour quelle raison.

Akon Batik haussa ses maigres épaules sous sa robe.

— Pour une rançon, peut-être ? C'est la réponse évidente. Par lubie de quelqu'un qui aura vu le gamin et l'aura voulu ? Pour se venger de la mère ? Pour forcer d'autres personnes à lui obéir ? Pour en faire un jouet, un animal favori, ou un individu qui sera formé dans un but bien précis ? Et qu'est-ce que cela peut bien vous faire ? Un jeune garçon… il y a des millions de jeunes garçons. Un de plus ou un de moins... quelle importance ?

— Cela a de l'importance pour moi.

— Mais pas pour moi. Vous en avez conscience ?

Un homme d'affaires qui ne s'intéressait qu'aux pertes et profits. Sur toute planète, un homme de bon sens et de logique qui s'occupait des siens et se tenait à l'écart de toute implication extérieure.

Dumarest but sans goûter le fluide miroitant, sachant qu'il lui fallait traiter avec cet homme selon ses propres termes.

— Vous connaissez la ville, dit-il paisiblement. Vous pourriez découvrir si des hommes ont été engagés pour un travail particulier. Vous pourriez même trouver qui les a engagés pour cela.

— Peut-être.

— J'ai de l'argent, comme vous le savez. Je serais prêt à payer cher pour l'aide que vous pourriez m'apporter.

Le joaillier pinça les lèvres.

— Une proposition d'ordre commercial ? Vous présentez l'affaire sous un jour beaucoup plus séduisant. Mais vous avez dit que les pillards étaient des Melevganiens.

— Il y avait d'autres hommes en leur compagnie. Pas des Melevganiens, et ils venaient peut-être de la ville. Et c'étaient assurément des hommes de la ville qui ont essayé d'enlever l'enfant la première fois.

— Trois hommes, dit doucement Akon Batik. Oui, j'ai appris comment on les a retrouvés, mais c'étaient des étrangers. (Il marqua une pause et ajouta :) Peut-être eût-il mieux valu que vous les laissiez agir.

Une ferme détruite, des hommes et des femmes massacrés comme des bêtes et le gamin avait tout de même été enlevé. Dumarest contempla son verre à pied, la main crispée.

— Non, dit-il. Je n'aurais pu faire cela.

— Quoi qu'il en soit, le mal est fait et nul ne peut renverser le cours du temps. Mais il me faut vous avertir que ceux qui se sont emparés de l'enfant sont manifestement puissants. Ils ne feront preuve d'aucune gentillesse si vous veniez à contrecarrer leurs plans. Honnêtement, d'ailleurs, je ne comprends pas votre inquiétude. Ce n'est pas votre fils. Vous n'avez aucune dette envers sa famille. Et jusqu'à présent personne ne vous a payé pour le retrouver. Pourquoi êtes-vous prêt à risquer votre vie ?

— J'ai donné ma parole.

— Et pour vous, cela suffit. (Akon Batik sirota songeusement son vin.) Je ne suis pas un homme sentimental, mais je sais apprécier la valeur d'une promesse. Très bien, je ferai mon possible. Rendez-vous à la Maison du Gong ce soir et j'enverrai un de mes hommes vous raconter ce que j'aurai découvert. Vous lui donnerez dix stergals.

— Et pour vous ?

— Vous en donnerez cinquante à l'homme à la porte. Vous désirez encore un peu de vin ?

— Non, merci.

— Puisse donc la fortune vous être propice.

— Et puisse votre vie s'emplir de joie.

Un taxi emmena Dumarest jusqu'à la Kladour et il considéra la masse énorme de la bâtisse. Le soleil tapait sur la flèche en spirale, sur la boule dorée de la cime, la transformant en une pointe de feu brillante comme un œil. L'intérieur était frais, les grandes salles produisant des échos sous les plafonds en voûte. Une réceptionniste, une jeune fille au visage semé de lavande et aux yeux scintillant d'inserts de matière réfléchissante, fixa avec une franche admiration sa silhouette mince, curieuse devant cette peau brûlée et ces cheveux roussis.

— Puis-je vous aider, Monsieur ?

— J'ai un problème. J'essaie de trouver un homme,

un professeur qui travaille ici ou qui y travaillait. J'ignore son nom, mais il avait naguère une assistante nommée Makgar. Son domaine est la recherche biologique et la structure génétique de la vie indigène. Pouvez-vous m'aider ?

— Non, répondit-elle à contrecœur.Je regrette, mais cela m'est impossible.

— Il doit pourtant y avoir des archives. C'était il y a quelques années, je l'admets, mais il est possible que quelqu'un en ait le souvenir.

— Le but de votre visite ?

— J'effectue des recherches sur les divergences de diverses races à partir d'une norme commune. J'ai entendu dire que le professeur pourrait avoir des informations précieuses et il est aussi possible que je puisse l'aider dans ses propres investigations. Pourriez-vous interroger votre service du personnel ?

Le professeur Ashlen n'était plus d'âge moyen, il avait le cuir chevelu dégarni et des muscles qui s'étaient depuis longtemps transformés en graisse. Il était assis dans un bureau plein de vieux dossiers sentant le moisi et portait une blouse tachée sur une chemise marron et gris. Il se leva lorsque Dumarest entra et lui tendit la main.

— Vous la prenez, dit-il. Vous la serrez, puis vous la relâchez. C'est une ancienne coutume.

— Oui. Je sais.

La paume était moite.

— Rares sont ceux qui le savent, dit Ashlen en se rasseyant et en indiquant une chaise. C'est un petit test que je fais. Les gens qui prétendent étudier la race humaine doivent avoir étudié de nombreuses cultures. Dans ce cas, ils savent pourquoi je tends la main.

— Vous m'avez dit que faire, lui rappela Dumarest.

— Oui. Maladresse de ma part. Mais, dites-moi alors : quelle est l'origine de cette coutume ?

— C'est la preuve que l'on a des intentions pacifiques. Je vous montre ma main nue et vous la serrez. Les mains nues ne tiennent pas d'armes.

— Et l'autre ? La gauche, qui n'est pas tendue ?

— Peut-être qu'elle tient un poignard derrière le dos. On ne sait jamais. Vous vous rappelez une femme qui travaillait avec vous ? Makgar. Grande, basanée, bien bâtie. Il y a quelques années.

— Makgar ? (Ashlen fronça les sourcils.) C'est de cela que vous êtes venu parler ? Je croyais que vous vous intéressiez aux races divergentes ?

— Ainsi qu'à la théorie selon laquelle toute vie a son origine sur un seul monde. Mais...

— C'est absurde, dit fermement le professeur. C'est une théorie séduisante qui réapparaît de temps à autre, mais, croyez-m'en, elle n'a aucune base véritable. Les hommes ont évolué sur toute une variété de mondes à la même époque. Il y a eu des mouvements, bien entendu, de nouvelles planètes colonisées et des peuplements réalisés, mais il est ridicule de considérer sérieusement que tous les hommes proviennent d'un petit monde unique. En fait, j'en ai prouvé l'absolue fausseté.

— Vous et Makgar ?

— Makgar ? Eh bien, oui, elle m'a aidé du point de vue travail pratique, mais je puis en toute justice prétendre avoir révélé l'illogisme de cette affirmation. Prenez Ourelle, par exemple. Vous êtes étranger ?

Dumarest hocha la tête.

— C'est un monde très spécial. (Ashlen sortit une carte et la déroula sur le bureau encombré.) Voici la ville de Sargone où nous nous trouvons. (Ses doigts tapotèrent une tache jaune.) Ici la Plaine de Relad où l'on trouve la majeure partie des Hegelt. Nous avons ensuite ici la Vallée de Charne habitée par une race à la peau jaune. Remarquez que les Hegelt sont brun foncé et les Charniens jaunes. Vous voyez ce que cela implique ?

— Deux races sur un seul monde.

— Pas du tout. Les Hegelt constituent la race originale et les Charniens le résultat d'une colonisation ultérieure. Au nord, nous avons ensuite les Shindara. Il y a aussi des Frome, des Ikinold, et autres. Je ne vous ennuierai pas avec tous ces noms. Le fait est qu'ils ont tous une couleur de peau, des caractéristiques faciales et même des particularités physiques différentes. Il est naturel de présumer que si l'on peut trouver une telle variété sur une planète, ils ont pu coexister dans le passé. Sur le monde mythique d'où la légende prétend qu'ils ont leur origine.

— La Terre ?

— Vous connaissez ce nom ? (Ashlen haussa les épaules.) Normal, si vous effectuez des recherches sur les divergences raciales. A mon avis, c'est la même chose qu'Eden, le nom du paradis d'origine. Une légende datant du temps où les colons avaient la vie dure. Ils se consolaient en parlant d'endroits fabuleux, d'un monde où nul ne devait travailler et où tout était fourni par des créatures bienfaisantes qui s'appelaient, je crois, les anges. Enfin, comme je le disais, l'existence de nombreuses races sur Ourelle ne prouve pas que toutes les races de la galaxie auraient pu se partager une unique planète à un moment donné. C'est en fait l'inverse, car nous savons qu'elles sont arrivées par vagues successives. Des petits groupes qui restaient à part et n'ont pas changé. Des sociétés et des cultures qui ont trouvé la stabilité et une certaine harmonie.

— Une harmonie ? Parmi les Melevganiens ?

— Peut-être aurais-je dû dire stabilité, mais quant aux Melevganiens... (Ashlen secoua la tête.) Ils sont fous, et je parle au sens propre. Leur structure génétique a été modifiée du fait de radiations mutagènes dans la région où ils vivent. Leur sens des valeurs n'a rien à voir avec ce que nous considérons comme la norme. Ils sont têtus et ne se soucient que de leurs propres désirs du moment. Imprévisibles, dangereux et pourtant passionnants aux yeux d'un étudiant de l'espèce humaine.

— J'en ai vu mourir un, un jour, dit Dumarest. Il s'est jeté dans un feu.

— Face à une situation insoluble, ils cherchent l'autodestruction. Une haine démente qui se retourne contre eux devant ce qu'ils considèrent comme un échec dans la maîtrise de leur environnement immédiat. Ils résident ici. (Son doigt tapota la carte.) Un bassin entouré de hautes montagnes. Avec des chaloupes, ils pourraient en sortir, mais leur technologie est limitée et, fort heureusement pour le restant d'Ourelle, ils répugnent à quitter la région. Ils effectuent parfois des incursions peu plaisantes, mais en général ils sont contenus par les gens des secteurs voisins.

Dumarest demanda pensivement :

— Mais ils ont des contacts avec l'extérieur ? Ils font du commerce ?

— Oui. Comme je l'ai dit, leur technologie est limitée et ils sont incapables de produire grand-chose. Toutefois, ils trouvent des pierres précieuses et des métaux lourds dans les montagnes qui les encerclent. On prétend qu'ils utilisent des esclaves dans leurs mines, mais nul n'en est sûr. Je pencherais pour cette solution. Leur arrogance ne leur permettrait pas d'accomplir des tâches sordides.

Ashlen tendit la main vers une épaisse pile de graphiques.

— Maintenant, laissez-moi vous montrer le résultat de mes recherches. Vous voyez que, sur la base d'une section transversale de mille échantillons, il existe une nette…

Dumarest le laissa s'exprimer en se carrant dans sa chaise en bois, le regard songeur tandis qu'il fixait la tache émeraude de la fenêtre. Une jeune fille leur apporta des tasses de tisane et il but le liquide épicé, plus par politesse que par soif réelle. Autour de lui, la Kladour bourdonnait d'efficience tranquille, dépositaire des connaissances de ce monde, orgueil de la ville. Pourtant, elle ne contenait pas davantage qu'il ne sût déjà sur la planète qu'il recherchait et il ne pouvait rien dire au professeur qu'il fût prêt à accepter. Son esprit était fermé, ses yeux aveugles à la possibilité qu'il fût dans l'erreur. Il était la science, la science avait parlé et le monde sur lequel était né Dumarest, à ses yeux, n'existait pas et ne pouvait exister.

Une réaction familière et un nouvel espoir déçu, mais il était venu chercher des informations autres que celles concernant la Terre.

— La femme, dit-il lorsque le professeur marqua un temps d'arrêt. Makgar. Parlez-m'en.

— Une femme. Une bonne assistante. Que puis-je dire de plus ?

— Avait-elle un enfant ? Un fils ?

— Je crois. (Ashlen fronça les sourcils.) Oui, maintenant que j'y réfléchis, elle en avait un, effectivement.

— Comment avait-elle obtenu ce poste ?

— Comment le saurais-je ? C'est le service du personnel qui s'occupe de ça. Je voulais un assistant et ils m'en ont trouvé un. Elle semblait connaître son travail.

Des réponses brèves sans grande valeur. Dumarest réprima son impatience.

— Vous avait-elle parlé de son passé ? Etait-elle née ici ? Connaissez-vous son monde natal ?

— Elle se prétendait docteur. Elle pouvait l'être, cela était sans importance pour son travail. Je ne pense pas qu'elle était née sur Ourelle. Elle avait parlé de la lumière, ou je ne sais plus quoi. Elle m'avait parlé d'un endroit nommé Veido, au cours d'une conversation à bâtons rompus, et cela m'avait paru leur avoir échappé. C'est pour cela que j'en ai encore le souvenir.

— Essayez de vous rappeler autre chose, le pressa

Dumarest. Quelqu'un vous a-t-il jamais interrogé à son sujet ?

— Non.

— Pourquoi est-elle partie ?

— Vraiment ! (Les joues d'Ashlen se gonflèrent, son regard exprima sa colère.) Je vous ai reçu parce que je vous prenais pour un collègue, mais vous semblez vous intéresser davantage à cette femme qu'à mon travail. Elle est partie, je pense, pour quitter la ville. Ça ne m'intéressait pas tellement. (Il toucha un bouton sur son bureau.) Maintenant, si vous voulez bien m'excuser, le portier va vous reconduire.

— Un instant.

Dumarest se leva, impressionnant devant le bureau. Il baissa les yeux sur le professeur et dit :

— Encore une question...et cette fois-ci réfléchissez bien. A-t-elle une seule fois parlé du père de l'enfant ?

— Je...

— Réfléchissez, mon vieux ! En a-t-elle parlé ?

Ashlen déglutit.

— Non, pas du tout. Pas une seule fois. J'avais présumé qu'il était mort, si je m'étais donné la peine d'y songer. Mais pourquoi me poser toutes ces questions ? Pourquoi ne pas vous adresser à elle ?

— Cela m'est impossible, répondit sèchement Dumarest. Elle est morte.

CHAPITRE VI

Elle était morte l'après-midi, alors que le soleil était encore haut et projetait sur sa chevelure une patine délicate. Elle reposait au fond de la chaloupe, parmi un capitonnage constitué par des édredons et des couvertures. Elle était nerveuse, fiévreuse, un peu de sang sourdait entre ses lèvres. Et Dumarest, rendu hagard par plusieurs journées sans sommeil, n'avait pas réussi à la sauver.

La réparation de la chaloupe avait duré trop longtemps et les Hegelt n'avaient été d'aucune utilité. Abrutis par ce qu'ils venaient de perdre, ils n'étaient plus capables que de rester à pleurer leurs morts. Même réparée, la chaloupe était lente et dérivait au-dessus du sol comme une plume poussée par le vent, exigeant une attention constante pour son maintien en l'air et sur sa trajectoire. Il avait été forcé d'atterrir à plusieurs reprises pour régler le moteur, ainsi que pour humecter les joues fiévreuses de Makgar et éponger le sang coagulé sur sa bouche. Elle avait essayé de rester consciente, refusant les sédatifs, sachant que la mort la talonnait.

— Je suis mourante, Earl. Ne discute pas, je le sais.

— Nous sommes tous mourants, Makgar.

— Alors, je suis en avance. (Ses mains se déplacèrent pour palper son corps.) La rate est éclatée, le pancréas également. Les intestins sont en bouillie et l'estomac et les poumons sont perforés. (Elle tenta de sourire.) On ne peut pas dire que je sois en pleine forme.

— On y arrivera.

— Dans cette épave ? Dieu seul sait comment tu es parvenu à la faire démarrer. Tu pourrais presque marcher aussi vite. Et combien de temps pourras-tu encore rester sans sommeil ?

— Autant que nécessaire. Et tu tiendras le coup jusqu'à ce qu'on arrive à un hôpital.

— Avec mécanismes de survie, greffes et novoplasmes, ralentisseur temporel et tout le bataclan. C'est déjà trop tard, Earl. Je serais morte, sans toi, Earl !

Il lui prit la main et sentit la pression de ses doigts tandis qu'elle luttait contre la douleur.

Amer, il demanda :

— Où cachiez-vous vos médicaments ? Les drogues que nous aurions pu utiliser. Vous auriez dû en avoir bien plus que ce que j'ai trouvé.

— Dans la cahute, Earl. Celle où est né le bébé. J'y ai laissé ma mallette, je n'en avais pas besoin. Le bébé... Oh, Seigneur, comment des êtres qui ont la forme humaine peuvent-ils être aussi ignobles ? Le bébé... et mon petit. Jondelle !

Il lut sur son visage une immense douleur et dégagea sa main, leva le pistolet hypodermique et lui injecta les analgésiques.

— Non ! (Elle secoua la tête comme il réglait l'instrument.) Je ne veux pas dormir. Je ne peux pas. Le gamin...

— Je le retrouverai, Makgar.

— Tu me le promets ? Earl, tu promets ?

— Je te le promets.

— Il est si petit, si jeune, si faible. Je ne supporte pas

l'idée qu'il soit aux mains de ces bêtes. Il faut que tu les sauves, Earl.

— Je le ferai. Je t'en donne ma parole.

Une promesse pour apaiser les douleurs d'une mourante, mais qu'il tiendrait. Elle poussa un soupir et sembla se détendre, ses yeux se fermèrent.

— Earl, murmura-t-elle. Je t'aime. Je t'aime depuis le premier jour. Elray avait raison. C'est toi que je désirais, pas lui. Je te l'ai dit. Tu aurais dû accepter.

Cela n'eût rien changé. Il se pencha sur elle et dit :

— Makgar, écoute-moi. Qui savait qu'Elray devait aller en ville ?

— Personne.

— Tu m'as dit qu'il devait aller chercher une pièce mécanique. L'heure était-elle fixée ?

— Je suppose. (Elle le considéra, surprise.) Earl ! Penses-tu qu'Elray... ? Non. C'est impossible. Pas lui.

Il n'existait aucune limite à ce que pouvait faire un homme affamé et la faim d'argent pouvait ruiner un monde. Une date et une heure prévues, un itinéraire choisi, et qui irait penser à rejeter la faute sur lui ? Il n'avait pas bougé pour lutter contre les intrus. Il était mort près d'un fusil qui aurait pu tous les sauver. Le géant l'avait-il payé en pièces inattendues ? Un homme mort ne pouvait parler.

— Earl. (Sa voix faiblissait.) Earl.

— Parle-moi du petit, la pressa-t-il. Où devrais-je l'emmener ? Qui sont ses parents ?

— ... t'aime, chuchota-t-elle. Toi et moi et le gamin... le bonheur... pourquoi a-t-il... Jondelle !

— Makgar !

Mais elle ne l'avait pas entendu. Elle était morte dans la lumière de cet après-midi, une brise légère murmurant un hymne funèbre, l'herbe émettant un parfum délicat de fleurs. Il l'avait enterrée sous un arbre en fleur, abandonnant la chaloupe inutile en guise de pierre tombale.

Un vilain souvenir qu'il valait mieux oublier.

Il prit profondément son souffle en quittant la Kladour. Le professeur ne lui avait rien apporté, il n'avait aucune idée de l'endroit où Elray devait aller chercher sa pièce et les officiers de paix municipaux ne s'intéressaient pas à tout ce qui se passait en dehors de leur juridiction. Il ne pouvait rien faire d'autre qu'attendre le messager du joaillier à la Maison du Gong.

Elle se trouvait dans le Narn, quartier tentaculaire et tapageur tel qu'il en avait vu sur des centaines de planètes. Le secteur était plein de lieux de plaisirs synthétiques où hommes et femmes buvaient, jouaient et goûtaient à des délices déraisonnables. Les voix des rabatteurs composaient un ronronnement monotone.

— Voyez, soyez vu, regardez et soyez regardé. Les fantasmes érotiques d'un millier de mondes assemblés ici pour que vous y participiez et les regardiez avec plaisir. Aucune limite, tarif unique, restez autant que vous pourrez tenir !

— Des tables honnêtes et des jeux corrects. Vin et nourriture gratuits. Vous ressortirez de toute façon avec dix testons.

— Les cristaux mystiques de Muhtua liront votre avenir. Fortune, santé et bon passage.

— De vrais couteaux ! Du vrai sang ! De jeunes balèses prêts à affronter tous les adversaires ! Cent stergals si vous tenez sans être blessé pendant trois minutes ! (Le rabatteur prit Dumarest par le bras.) Vous, Monsieur, je vois que vous savez ce qu'est une lame. De l'argent facile pour un seul round.

Une lame truquée, des lampes réglées pour éblouir, un jet de gaz pour engourdir, peut-être, et pour le ralentir. Dumarest libéra son bras d'une secousse.

— Non ? (Le rabatteur eut un rire moqueur.) Peur de recevoir une ou deux égratignures ? (Il s'adressa à un groupe de spectateurs.) Vous, là, Monsieur, avec cette charmante jeune fille au bras. Je parie dix stergals que vous avez davantage de courage. Dix pièces dans la main si vous montez sur le ring et cent de mieux si vous n'êtes pas blessé pendant trois minutes.

Il était jeune, il sortait de l'adolescence, il venait peut-être d'une ferme voisine et il devait chercher un peu d'amusement d'adulte. La fille à son côté ne lui laissa pas la possibilité de refuser cette offre aguichante.

— Vas-y, Garfrul. Dix stergals ! Nous pourrions aller au Disaphar et essayer l'un de ces analogues.

— La petite dame a tout compris ! cria le rabatteur. (Il ferra.) Dix en main avant de commencer. Cent, peut-être, quand vous aurez fini. Pensez à tout ce que vous pourrez acheter... la meilleure nourriture du Narn, le meilleur vin. Une place à la meilleure table. Qui sait, avec un peu de chance, vous pourriez gagner une fortune. Vous ne seriez pas le premier.

Le jeune homme hésitait.

— Je ne sais pas. Je ne suis pas très doué au couteau.

— Tu es rapide, le pressa sa compagne. (Ses yeux étaient trop brillants, trop impatients, une chatte avide d'excitation.) Tu pourras feinter pendant tout ce temps. Ce n'est pas long, trois minutes, et pense à ce qu'on pourra faire avec tout cet argent. Un nouveau costume, une nouvelle robe, une chance d'améliorer ta condition. Oh, Garfrul ! Je serais si fière de toi ! Je le dirais à toutes les copines... non, pas ça ; sinon, elles te courront après et je suis jalouse.

Dumarest les regardait en sachant ce qui allait se passer. Dix stergals pour une blessure qui trancherait les tendons et ferait du gamin un infirme à vie. Deux poignées de pièces pour des blessures qui laisseraient des cicatrices permanentes. Une soirée de plaisir innocent gâchée avant d'avoir commencé.

Brutalement, il lança :

— Ne fais pas l'idiot, mon gars ! Ne va pas au massacre !

Le rabatteur se retourna et montra les dents.

— Pourquoi vous ne vous occupez pas de vos affaires ? Il est assez grand pour se décider tout seul. Que vous importe ce qu'il fait ?

Rien, en effet, mais il avait les cheveux blonds et les yeux bleus et il ressemblait à ce que deviendrait Jondelle s'il survivait.

Il lança au jeune homme :

— Tu veux voir dans quoi il veut te jeter ? Alors, suis-moi. (Il s'adressa au rabatteur.) J'accepte l'offre. Cent stergals pour trois minutes, vous dites ?

— Oui, si vous n'êtes pas blessé.

— Combien si je gagne ?

Le rabatteur cligna les yeux, rusé, mais la foule se pressait et il voyait bien la salle remplie à bloc.

— Le double.

— A la première goutte de sang, pas d'interruption, le ring vide ?

— Bien sûr.

— Alors, faites-moi entrer.

Dumarest pénétra dans la baraque, le nez se plissant devant les odeurs familières, le sang, la sueur, l'huile, le parfum intangible de l'impatience et la puanteur animale du goût du sang. Derrière lui entrèrent le jeune homme, la fille lui serrant le bras, les yeux anormalement brillants. Puis toute la foule les suivit, percevant la violence à venir, prête à payer le supplément qu'exigeait le rabatteur pour le privilège de voir des hommes se donner des coups de poignard.

Ils pénétrèrent dans la baraque en chuchotant tandis que Dumarest examinait le ring. C'était une arène sablonneuse de quatre mètres de côté plantée à un mètre vingt au-dessus du sol. Les lampes au plafond projetaient leur regard éclatant. Il les considéra en étrécissant les yeux, aperçut les autres lampes éteintes braquées sur les quatre coins du ring. Elles pouvaient lancer des éclairs destinés à éblouir et désarçonner un combattant qui s'avérait trop dangereux.

— Paré ?

Le rabatteur s'avança en souriant, les couteaux dans les mains, son champion à son côté. Il était grand, mince, vêtu uniquement d'un pantalon et de bottes, son torse nu luisant d'huile et dentelé d'anciennes cicatrices. Il avait les cheveux coupés court sur son crâne rond et son visage large au nez plat avait l'impassibilité de celui d'un bourreau.

— Je suis prêt, répondit Dumarest.

— Bien. Il faut que vous vous déshabilliez, mais je crois que vous le savez. (Il regarda Dumarest se débarrasser de sa tunique qu'il tendit à Garfrul.) Vous êtes déjà monté sur un ring ?

— J'ai assisté à plusieurs combats et on luttait un peu, là où je travaillais avant. Des lames d'exercice uniquement, bien sûr.

Inutile de mentir lorsqu'une partie de la vérité ferait l'affaire.

— C'est bien ce que je pensais, dit l'homme. Je vois quand quelqu'un sait ce qu'il fait. Montez sur le ring et je vous donnerai le couteau.

L'arme longue de vingt-cinq centimètres était mal affûtée, lourde et mal équilibrée. Dumarest la prit puis tendit la main.

— Je choisis l'autre.

— Quelque chose qui ne va pas ?

— A vous de le dire. Non ? (Dumarest haussa les épaules et jeta l'arme.) Alors, je vais me servir du mien.

Il sortit son poignard de la botte et le tourna pour que la lumière se reflète en un éclair sur la lame.

— Il est plus court de près de trois centimètres, dit-il calmement. Je donne un avantage à votre gars. Maintenant, sifflez et finissons-en.

L'homme hésita.

— D'accord, Krom ?

Son champion haussa les épaules, confiant en ses propres talents.

— Bien sûr.

Le rabatteur hésitait encore ; il regarda Dumarest, son poignard, ses cicatrices, craignant un peu désormais d'avoir été attiré dans un piège. Puis quelqu'un cria au fond de la foule :

— Alors, quoi ? On se bouge, ici ?

D'autres reprirent en chœur, un grondement de bêtes sauvages, exigeants. Les pieds commencèrent à marteler le sol, roulement de tambour impatient. Le rabatteur prit péniblement son souffle et sortit du ring. Son sifflet interrompit le bruit comme s'il s'était agi d'un couteau.

Krom se mit en mouvement.

Il était malin, habile et se déplaçait par priorité pour le spectacle, le poignard tendu devant lui, à la hauteur de la taille, la pointe relevée, la lame légèrement inclinée pour que l'éclat du tranchant se fasse plus menaçant. Il fit un pas en avant, en arrière, sur le côté, dansant sur les orteils, la pointe se relevant, redescendant, remontant au niveau des yeux. La posture était décontractée, invitait à l'attaque, la main gauche tenue loin du corps.

Dans la foule, une femme cria, la voix rendue cassante par l'hystérie.

— Filez-lui-en un bon coup, M'sieur ! Taillez-le en pièces !

Dumarest feignit de l'ignorer, de même qu'il ignorait toute chose en dehors de l'homme devant lui. Krom était un bon combattant, vétéran ayant connu mille matches, le corps entraîné à se déplacer par réflexes, maître d'une douzaine de stratagèmes. Un professionnel qui avait l'intention de gagner ; mais, même s'il s'était agi d'un simple amateur, Dumarest se serait montré tout aussi prudent. Trop de choses pouvaient se produire au cours d'un combat. Des petits riens, un pied qui glisse, un reflet sur un tranchant de lame qui aveugle un instant, n'importe quoi. Et la chance qui l'avait toujours accompagné pouvait fort bien l'abandonner.

Krom attaqua, l'arme levée, le tranchant dirigé vers le visage de Dumarest, plus lentement qu'elle n'aurait dû. Il la bloqua avec son propre poignard, l'acier claqua une fois, deux fois lorsqu'il rendit le coup, le son métallique faisant écho par-dessus la foule.

Du grand spectacle devant donner l'effet d'une violence sauvage. Krom fonctionnait par habitude, attaquant l'arme et non pas l'homme, faisant durer les actions pour la beauté du geste et pour encourager les autres à tenter leur chance. Dumarest aurait pu le blesser sur-le-champ, mais il avait aussi des motivations personnelles. Un combat trop vite terminé donnerait l'impression que cela avait été trop facile. Il voulait que le jeune homme comprenne bien ce qui se passait.

Il recula, sûr qu'aucune attaque véritable ne se produirait pour l'instant, mais restant tout de même sur le qui-vive. Il pivota, vit le dos de la lame se tourner vers lui et la laissa approcher plus que nécessaire. Il se fendit, maladroitement, manquant délibérément son coup. Krom bondit pour se mettre hors de portée avec une efficacité parfaite, les lames tintèrent tandis qu'il bloquait une deuxième attaque. Dumarest se baissa, releva son arme qui frôla la poitrine luisante.

La foule gronda, hurlant en s'attendant à voir paraître le sang, s'apaisant en avisant le torse intact. Une cloche sonna.

— Une minute !

Ils se séparèrent, debout de part et d'autre du ring, un peu accroupis, en équilibre sur les orteils. Krom leva et rabaissa rapidement le bras gauche. Un signal, peut-être ? Dumarest songea à tous les stratagèmes qui pouvaient être employés. Krom savait qu'il avait failli se faire taillader la poitrine et un homme expérimenté comme lui ne prenait pas de risques.

Il s'avança, le couteau levé ; la lame exécuta une série de mouvements devant Dumarest. Un amateur eût tenté de la suivre, mais Dumarest se contenta de reculer, sa propre arme en attente. Il sentit les cordes dans son dos et bondit de côté comme Krom plongeait en avant, puis il se jeta plus loin encore comme l'homme tournait et relevait son arme. Il la bloqua sur sa lame et regarda fixement le large visage.

Krom remonta brutalement le genou.

Dumarest se tordit et le sentit lui heurter la cuisse tandis qu'il appuyait contre le poignard coincé. Krom recula en titubant, déséquilibré et momentanément désemparé. Dumarest se précipita vers lui et vit la lame relevée, l'ouverture minuscule en dessous de la garde de l'arme. Il pivota en plein bond et atterrit comme un chat, puis bondit vers le côté du ring tandis que le jet invisible le poursuivait. Krom se rua sur lui, la lame prête à lui couper le poignet et les tendons. Les couteaux s'entrechoquèrent, se bloquèrent et se libérèrent lorsque Dumarest sauta au centre du ring.

Par-dessus le souffle qu'inhala la foule, il entendit la sonnerie sévère de la cloche.

— Deux minutes !

Mensonge, bien entendu ; le rabatteur devait rallonger la durée. Mais, mensonge ou pas, une chose était sûre : la comédie était terminée. Krom avait utilisé son aérosol, le gaz destiné à ralentir et abrutir Dumarest ; d'autre part, tant que Dumarest resterait au centre du ring, il ne serait pas menacé par les projecteurs.

Krom attaqua, feinta, changea la direction de son coup, recula quand les lames se heurtèrent, puis repartit à l'attaque. Dumarest se déplaçait en cercles serrés, tourna un peu pour présenter le côté de son arme à l'adversaire tout en comptant les secondes. Vingt... Krom devait être aux abois. Trente... Il allait maintenant tenter son va-tout : une botte secrète, peut-être, un coup stupéfiant qui s'était déjà avéré utile.

Dans la foule, une femme hurla.

C'était un véritable cri de souffrance qui monopolisait immédiatement l'attention. Il toucha la foule. Il eût touché un amateur et l'eût amené à se tourner une seconde pour recevoir un coup fatal.

Dumarest ne bougea pas. Il savait qu'il avait été poussé pour détourner son attention. Devant lui, le couteau de Krom étincela, disparut et reparut, éclatant, dans son autre main. Il avança comme un doigt de lumière tandis que sa main droite se levait en une feinte. Dumarest passa à sa droite, son avant-bras gauche heurta le poignet gauche de Krom tandis que son propre poignard allait infliger une légère coupure sur l'épaule nue.

— Touché ! hurla un homme devant ce spectacle. Il l'a blessé ! Il a gagné !

Le match était terminé. Dumarest aurait dû se détendre, abaisser son arme et, peut-être, se retourner vers la foule en souriant devant sa victoire. Il se serait retourné... et aurait reçu le couteau de Krom entre les reins.

Il avait gagné... mais un mort ne pouvait recevoir son prix, et qui se soucierait d'un étranger ?

Il vit l'homme tourner, le poignard revenu dans la main droite, la pointe se levant pour lui percer le cœur. Dumarest se saisit du poignet, les doigts étreignant la chair et les muscles, arrêtant la lame à deux centimètres de sa peau. Le tranchant de son arme alla se poser contre la gorge aux muscles bandés.

— Laisse tomber ! dit-il, puis, comme Krom hésitait : Ne fais pas l'idiot, mon vieux ! Tu as perdu, mais tu pourras encore combattre si tu restes en vie !

— Quelle rapidité, marmonna Krom. Foutrement trop rapide. Tu aurais pu m'avoir au cours des dix premières secondes. Althen a été dingue de te choisir.

(Le poignard quitta sa main.) Tu es un pro. Tout autre m'aurait tué. Et maintenant ?

— Rien, dit Dumarest. Je vais recevoir l'argent.

Il sauta hors du ring, prit sa tunique des mains du jeune homme et se dirigea vers la guérite. Le rabatteur était occupé. Il se ratatina lorsque Dumarest le prit par le bras.

— Allons, attendez une minute. Inutile de vous exciter. Je vérifiais la recette.

— Tu me dois deux cents stergals. Je les veux.

— Bien sûr, mais... (Althen épongea son visage détrempé.) Voyons, vous êtes un homme raisonnable. Vous savez comment nous fonctionnons. Dix stergals, oui, mais comment pourrais-je payer davantage ? J'ai des frais, ma patente à payer, et le reste. Les bénéfices se réduisent chaque jour. Tenez, je vous propose cinquante.

Dumarest serra la main.

— Vous m'avez trompé. Vous m'avez attiré dans un piège. Krom était battu depuis le début. (Il considéra le regard dur de Dumarest, sa bouche cruelle.) Je peux vous payer, admit-il. Mais si vous prenez cet argent, je serai ruiné.

— Va te faire voir, fit brutalement Dumarest. Ça m'est complètement égal.

CHAPITRE VI

Il y avait des bains de vapeur et d'eau parfumée, une masseuse aux mains comme des pétales dont les doigts d'acier sondaient et apaisaient la tension de la peau et des muscles. Sa voix était un chuchotement tentateur.

— Vous désirez des délices, Maître ? Une fille qui vous charme, des drogues pour maintenir votre intérêt, des effets visuels pour accroître votre jouissance ? Non ? Un analogue, peut-être ? Vous pourrez savoir ce que c'est que de porter une autre forme, de s'accoupler sous la forme d'une bête, chasser, tuer, se nourrir... nous en avons toute une variété. Non encore ? Alors, vous asseoir et connaître la mort sous une douzaine de façons différentes ? Tous les stimuli des sensibandes enregistrés chez des personnes qui ont brûlé, sont tombées, ont été lentement écrasées. Ou d'autres choses ? Non ? Comme il vous plaira, Maître. Désirez-vous dormir un peu ? Une heure de paix bénéfique produite par des microcourants ? Non ? Reposez-vous donc, Maître, et que vos pensées vagabondent. La clochette est là si vous avez besoin de moi.

La clochette qui commandait tous les bonheurs jamais inventés par l'homme... à condition de payer.

Dumarest l'ignora et, allongé, considéra les images peintes sur le plafond. De vagues scènes naquirent du dessin abstrait, façonnées par le pouvoir de son esprit. Des personnages cuirassés nimbés de feu, des visages sauvages, un autre à la bouche bordée de sang. Les cheveux de jais, d'or, de flammes brillantes. Des femmes qu'il avait connues, aimées et perdues. Les mondes qu'il avait vus, les étoiles, une forme monstrueuse en robe écarlate qui les emprisonnait dans sa toile. Un gamin aux cheveux d'or et aux yeux d'un bleu vif.

Foutu Garfrul. Il ressemblait trop à Jondelle et Dumarest s'était conduit comme un imbécile. Il avait été stupide de se mêler des affaires d'autrui et encore plus de combattre. Et il n'avait rien montré au jeune homme en dehors d'une façon facile de gagner de l'argent, il s'entraînerait, se jugerait capable et paierait sa présomption de vilaines coupures.

Sa petite amie y veillerait.

Dumarest se la remémorait, les contours de son visage encadrés d'une capiteuse chevelure bleu nuit, les yeux qui trahissaient sa nature égoïste. Mais avait-elle eu tort de chercher à obtenir ce qu'elle désirait ? Lallia était un peu comme cela, forte et sans pitié à sa façon, sachant ce qu'elle voulait et assez honnête pour l'admettre. Lallia qui était morte sur un monde de la Toile, tuée par un agent du Cyclan (1).

Il songea de nouveau à la forme écarlate en train d'englober les planètes. Le symbole de l'organisation qui visait la domination complète de la galaxie. Ses agents se déployaient pour affecter la moindre sphère d'influence importante. Des cybers, robots vivants dépourvus de toute émotion, qui ne pouvaient connaître que le plaisir des prouesses mentales. Des hommes qui avaient été enlevés quand ils étaient enfants, formés, opérés, le thalamus divorcé du cortex, de telle sorte qu'ils ne puissent jamais connaître la haine,

(1) *Mausolée galactique,* L'Aventurier des Etoiles n° 6.

l'amour ou la peur. Des créatures à forme humaine qui, à partir d'une poignée de données, extrapolaient des tendances logiques et prédisaient ainsi le résultat de toute action.

Le Cyclan qui le pourchassait et le poursuivrait toujours tant qu'il détiendrait le secret du jumeau affin que lui avait confié Kalin. Kalin à la chevelure flamboyante (1). Des robes rouges, des gemmes rouges, rouge la couleur du sang qui souillait sa route depuis aussi longtemps qu'il en avait le souvenir.

Mais l'on ne trouvait pas de cybers sur Ourelle. Cette culture était trop fractionnée, sans gouvernement central ni dirigeants influents. Ourelle : un monde retardé, presque ignoré, un endroit où il était facile de se perdre.

Etait-ce pour cela que Makgar l'avait choisi ?

Dumarest se retourna, énervé, incapable de se délasser véritablement. Le plafond contenait trop d'images, provoquait trop d'associations d'idées... Jondelle et ce qui lui arrivait peut-être... ce qui risquerait de se passer si on ne le retrouvait pas. Pourquoi se souciait-il autant de l'enfant ?

Une promesse faite à une mourante. Sa parole. Cela suffisait.

— Quelle heure est-il ? demanda-t-il au néant.

— Trois heures avant minuit, répondit une voix douce. La nuit est belle mais le ciel est couvert.

Le temps de partir. A l'extérieur du sauna, il marqua une pause et regarda le flamboiement de lumière qui dominait Narn comme une nimbe. De la lumière brillait aussi là où s'étendait l'astroport, derrière la ville : les projecteurs qui éclairaient le moindre centimètre carré de terrain ainsi que la clôture. Sous son regard se posa

(1) *La Sorcière de l'Espace,* l'Aventurier des Etoiles n° 4.

un vaisseau enveloppé dans un halo bleu de propulseur Erhaft.

Un petit astronef qui se livrait probablement au commerce local, mais qu'il pouvait prendre, l'argent dans sa poche lui permettant de se payer un passage en Haut qui le conduirait vers d'autres vaisseaux qui lui permettraient de faire des voyages beaucoup plus lointains. Mais aucun appareil qu'il connût ne pouvait l'emmener là où il voulait aller.

— Tu as l'air solitaire, l'ami, fit une femme. Ce vaisseau te rappelle ta patrie ? Pourquoi ne pas venir chez moi m'en parler ?

— Non, merci.

— Cela ne te dit rien ? (Elle haussa les épaules.) C'est la vie.

Elle s'éloigna. Dumarest se dirigea vers la Maison du Gong.

Elle était grande, éclatante, couverte de mille lanternes de toutes les teintes et de toutes les combinaisons de couleurs. Des gongs suspendus palpitaient doucement sous l'impact d'une brise artificielle et un gong plus important, percé, formait l'entrée que l'on rejoignait par une volée de marches basses et larges. A leur pied, un personnage encapuchonné tendait une sébile en plastique ébréché. Devant lui, un homme grassouillet accompagné d'une femme couverte de bijoux éclata d'une joie soudaine.

— La charité ? Je n'y crois pas. Un homme doit se débrouiller tout seul et ne pas dépendre des aumônes. Donne-moi une bonne raison pour que je place quelque chose dans ta sébile.

Le moine appartenait à l'Eglise Universelle, vêtu de sa robe en gros drap, les pieds nus dans des sandales grossières. Sous le capuchon, le visage était ridé, marqué par l'âge et les privations, mais ses yeux étaient jeunes et brillaient d'une compassion infinie.

Il répondit paisiblement :

— Tu vas mettre ta bonne fortune à l'épreuve, mon frère. Puisse la chance t'accompagner. Mais je pense à ceux qui n'ont pas de chance et qui manquent de pain. C'est maintenant l'été, mais l'hiver ne tardera pas à arriver. Une triste saison, mon frère, pour ceux qui n'ont ni argent ni ami.

— Cela ne suffit pas. (L'homme grassouillet hocha la tête.) Je ne suis toujours pas convaincu.

— Tu es joueur, mon frère, et en tant que tel tu crois aux symboles et aux présages. Qui sait ce qui apporte la bonne fortune ? Ton premier pari ? Ton premier gain offert aux croupiers ? Un homme sage doit assurément faire un petit sacrifice avant de commencer à jouer.

La femme prit la parole.

— Il a peut-être raison, Enex. Helga a un jour jeté une pièce à un mendiant et elle a gagné mille stergals.

Bon psychologue, songea Dumarest tandis que l'homme fouillait dans sa poche. Mais les moines étaient passés maîtres dans cet art. Dumarest jeta une pièce dans la sébile et monta l'escalier.

A l'intérieur, il faisait chaud, des courants d'air odorant chassaient des volutes de fumée colorée devant des lanternes pendues aux plafonds décorés. Les lieux étaient tels qu'il les attendait : des tables pour jouer aux cartes, aux dés, des roulettes. Les jeux étaient également familiers : l'homme-entre-deux, le poker, le spectre, les sept, le brûlétoile, le brenzo.

Une espèce de tube transparent contenait une masse de spores qui tournoyaient ; la voix du croupier était un son monotone.

— La bataille commence. Choisissez le rouge, le bleu ou le vert. Le photomètre dira quelle couleur est ascendante à l'expiration des soixante secondes. Faites vos jeux. Les jeux sont faits. La partie commence.

Il appuya sur un levier. Des produits nutritifs se déversèrent dans le récipient et les spores les dévorèrent, se reproduisant, luttant et mourant.

— Jaune !

Le récipient pivota, se vida, étincela de nouvelles spores.

— La bataille commence. Faites vos jeux. Le photomètre...

Dumarest continua sa route. Une fille vêtue de la gorge aux chevilles d'une robe collante de soie brodée lui offrit un plateau de pâtisseries et de vin généreux. Les hommes au cerveau enfumé devenaient des joueurs maladroits.

Il l'écarta et se dirigea vers le restaurant. Akon Batik ne serait pas pressé de lui envoyer son messager. Son sens des affaires pousserait à le faire attendre et peut-être jouer, perdant une partie de l'argent qu'il avait reçu pour la chorismite. Il aurait donc largement le temps de manger, ce qu'il avait appris à faire dès qu'il y avait de la nourriture à sa disposition. Un voyageur n'était jamais sûr de l'heure à laquelle il allait pouvoir déjeuner.

Il commanda de la viande, des légumes verts, du fromage et un vin léger. La viande était bonne et il la mangea lentement. Le fromage était bizarrement piquant et truffé de graines qui se dissolvaient en un liquide aigrelet. Le vin était sec, parfumé à la rose, parcouru de bandes rouges. Il était en train de finir de vider la bouteille lorsqu'un homme se glissa sur la chaise en face de lui.

— Dumarest ? Earl Dumarest ?

Dumarest hocha la tête.

— Akin Tambolt. Vous m'attendez.

— Vraiment ?

— Bien sûr. C'est le bijoutier qui m'envoie.

— Son nom ?

Tambolt eut un rire qui révéla ses dents blanches et robustes.

— Vous êtes prudent ; je ne peux vous en vouloir. A Sargone, n'importe quoi peut arriver et arrive généralement. Très bien, donnons des noms. Akon Batik, ça vous va ?

Il était jeune, avec une maturité sévère autour des yeux et de la bouche. Une carcasse large et costaude qui se transformerait par la suite en graisse s'il n'y prêtait garde. Il portait des vêtements épais et pratiques, un pantalon et des bottes hautes, une chemise d'ébène entaillée qui laissait voir un gilet métallique protecteur. Un costume de voyageur ou d'homme habitué à une vie sans sécurité. Ses mains étaient larges, robustes, les ongles étaient courts. Une joue arborait une cicatrice. Il avait d'épais cheveux bruns tachetés d'auburn qui descendaient sur les oreilles et le cou. Il portait une chevalière à chaque auriculaire. De grosses bagues avec une pierre pointue. Des armes commodes pour qui savait les utiliser.

Un spadassin, songea Dumarest. Un opportuniste. Un homme qui vivait en marginal et était prêt à tout pour de l'argent.

— Il était question d'argent, dit Tambolt. Vingt stergals.

— Dix.

— Dix, en effet, mais vous ne m'en voudrez pas d'avoir fait une tentative. Donnez.

— Pourquoi ? Parce que vous me l'avez demandé ?

— Vous voulez savoir ce que j'ai appris ou non ?

— Je le découvrirai, dit Dumarest. D'une façon ou d'une autre, je le découvrirai. Vous voulez parier ?

Un instant, leurs regards s'affrontèrent, puis Tambolt haussa les épaules.

— Un jour, peut-être, dit-il d'une voix égale. Mais pas maintenant. Si on prenait un verre ?

Dumarest commanda une bouteille et regarda l'autre homme se verser un verre.

— A votre santé, Earl. Vous avez mangé ?

— Oui.

— Dommage, je meurs de faim. (Il appela la serveuse et passa sa commande.) Cela ne vous dérange pas ?

— Absolument pas.

— Vous êtes généreux, Earl. J'aime les gens généreux.

— Je ne suis pas généreux, dit Dumarest. Seulement impatient. Qu'avez-vous à me dire ?

— Rien. Rien qui paraisse utile. Le joaillier a transmis le message et posé les questions là où il fallait. Personne ne semble avoir engagé d'homme de main pour enlever le gamin. Les gars à qui vous avez réglé leur compte ont dû venir d'en dehors de la ville. C'est cela ou bien personne n'admet les avoir vus auparavant. Quant aux autres, ceux qui ont attaqué la ferme... pas les Melevganiens... même topo.

Son repas arriva et il mangea avec une faim à peine dissimulée.

— Bien entendu, ces sources d'information ont pu mentir, mais je ne le pense pas. Akon est en relation avec tous les gens importants et Sargone n'est pas tellement grande. On écoute, on se met au courant, on parle si ça peut rapporter. Quiconque voulait le petit a dû prendre des précautions. Ils ont dû utiliser leurs propres hommes et, dans ce cas, vous aboutissez à un cul-de-sac.

— Peut-être pas. Le mari, Elray, avait pu avertir quelqu'un de son arrivée. Autrement, l'attaque en ville n'aurait aucun sens. Personne n'aurait su quand passer à l'action.

— Le mari ? (Tambolt avala la dernière bouchée.) Vous pensez qu'il était de mèche ?

— Jondelle n'était pas son fils. Il dépendait de sa femme et il voulait peut-être la quitter. Si l'occasion était là, il a pu en profiter.

— De l'argent pour l'enfant, il faisait semblant de le pleurer, puis il disparaissait tranquillement. (Tambolt branla du chef.) Cela a pu se passer de la sorte, mais qui était prêt à payer pour avoir ce gosse ? D'habitude, tout se passe dans l'autre sens. On vole l'enfant et l'on exige une rançon.

— Oui.

— Ce qui vous amène à réfléchir et à parvenir à une hypothèse intéressante. Le petit doit avoir une grande valeur pour quelqu'un. Celui qui l'a kidnappé doit connaître le marché et ce que peut rapporter la marchandise. Mais vous y avez déjà pensé, naturellement.

— Oui.

— Ce qui explique peut-être votre intérêt. Je me suis interrogé. Vous n'êtes pas parent de l'enfant ; que peut donc bien vous importer son enlèvement ? Mais si vous connaissez le marché...

— Dans ce cas, je ne perdrais pas mon temps ici.

— Peut-être. Ou bien vous savez où il se trouve et vous voulez avoir la marchandise sous la main. (Tambolt émit un bruit de suçotement.) Dites, cette viande est excellente. Ça vous dérange que j'en reprenne ?

— Mangez autant que vous voulez : c'est vous qui payez.

— Quoi ?

— Avec l'argent que vous espérez de moi. Les dix stergals promis. Ça n'en fait plus que sept, maintenant.

— Salopard !

Tambolt serra le poing et un éclair jaillit de la pointe de la pierre qu'il portait à la chevalière.

— Vous ne pouvez pas me faire ça !

— Non ? (Dumarest sourit). Vous pensiez qu'il était facile de m'escroquer ? Vous êtes un vrai gosse, mon vieux. Jusqu'à présent, vous ne m'avez rien appris de valable. D'accord, vous n'êtes qu'un messager et peut-être n'est-ce pas votre faute. (Il tendit lentement la main vers la bouteille et se servit.) A votre santé. A voir la façon dont vous avez mangé cette viande, les affaires ne marchent pas très fort, ces derniers temps.

— Ça, vous pouvez le dire. (Tambolt prit longuement son souffle et desserra le poing.) J'ai commis une erreur, admit-il. J'ai essayé d'obtenir davantage que ce qui était prévu et je me suis ramassé. J'ai reçu une bonne leçon.

Il se servit à boire, se carra dans son siège et caressa son verre, l'air plus âgé et un peu hébété. Un homme qui avait revêtu l'habit d'un rôle qu'il avait fait de son mieux pour tenir et qui goûtait maintenant le fruit amer de l'échec.

— Akon m'a donné ce boulot. J'ignorais qui vous étiez... mais cela n'a plus d'importance. Vous êtes prêt à aller jusqu'où pour retrouver ce gosse ?

— Amenez-le-moi et je vous paierai le prix d'un passage en Haut.

— Jargon de voyageur. Passage en Haut, en Bas, dans l'Entre-Deux si l'on peut avoir une couchette à bord d'un astronef. Vous avez beaucoup voyagé ?

— Oui.

— Moi aussi, j'ai voyagé mais très peu. Deux fois, suffisamment pour savoir qu'il ne fallait plus que je tente ma chance. J'ai vu un homme qui avait fait un voyage de trop. Quand le sarcophage a été ouvert, il était mort. Il était plus jeune que moi. Ourelle me paraissait prometteur, alors j'y suis resté. Et maintenant, je n'ai pas de quoi me payer un repas correct. (Il sirota le vin.) Croiriez-vous que je possède un diplôme de géologie ?

— Est-ce important ?

— Non, pas vraiment. J'ai un peu travaillé pour la Kladour, mais... enfin, disons que nous n'étions pas d'accord sur les remboursements de frais. Les expéditions peuvent coûter cher. Et je n'ai pas toujours donné ce que j'avais découvert. (Tambolt regarda ses chevalières.) Jolies pierres, hein ? Fausses, bien sûr, mais à première vue on les dirait vraies. Seulement, la Kladour ne se contente pas de la première vue. J'ai essayé de faire monter les mises en jouant et j'ai tout perdu. Un jour, je comprendrai la leçon. Quand je serai mort, peut-être. Quand ce sera trop tard.

Il vida son verre qu'il remplit à nouveau et dont il avala la moitié du contenu d'une seule gorgée comme en un geste de défi s'adressant à un démon personnel. L'avidité, peut-être, ou le sentiment d'être imparfait, ou encore une cécité intellectuelle qui lui faisait sous-estimer tout ce qu'il affrontait. A moins qu'il ne mente, songea Dumarest, qu'il ne présente une façade qu'il espérait apitoyante.

— Alors, l'enfant ? demanda Dumarest.

— Vous voulez le retrouver. Peut-être que je peux vous aider.

— Comment ?

— Vous le savez, Earl. Vous avez dû y penser. Les Melevganiens qui ont attaqué la ferme n'étaient pas seuls. Des étrangers ont emporté le gamin. Mais où ? On ne sait pas. Qui étaient-ils ? Nous l'ignorons également. Mais les Melevganiens le savent peut-être. Il faut donc les retrouver et les faire parler. Exact ?

Il versa encore du vin comme Dumarest ne répondait pas.

— Je commence à comprendre pourquoi Akon m'a choisi pour porter ce message. Il est vieux, malin et voit ce qui est évident. Vous voulez aller à Melevgan, il y a là-bas des pierres précieuses, des objets de valeur, et il sait que nous prendrons ce que nous trouverons. De gros bénéfices sans courir de risque. Pas étonnant qu'il soit riche.

— Je cherche cet enfant, pas une poignée de gemmes.

— Vous pourriez trouver les deux... ou rien du tout. Vous vous imaginez que c'est facile ? Allez à Melevgan n'a rien d'une promenade de santé. J'y suis allé et je sais de quoi je parle. Un geste déplacé et vous êtes mort. Vous avez besoin de moi, Earl. On s'associe ?

Dumarest se laissa aller en arrière en sirotant son vin. Derrière la salle à manger, on entendait les susurrements des joueurs en action, le claquement des dés, les soupirs, les cris de joie et les expressions d'écœurement. Les adorateurs de la déesse Chance. Ils la mettaient à l'épreuve, ainsi que le font tous les hommes pour rester en vie. Mais les chances n'étaient pas toujours aussi favorables. La plupart pouvaient reprendre leur gain, d'autres non. Jondelle, par exemple.

— Que nous faudrait-il ? demanda-t-il.

— Une chaloupe. De quoi faire des échanges. Des armes et des hommes. Ce ne sera pas gratuit.

— Mille ?

— Insuffisant. (Tambolt insista.) Une chaloupe coûte bonbon... personne ne t'en louera et il faudra donc en acheter une. Les monnaies d'échange représenteront la moitié, les armes davantage encore, et ensuite il faudra trouver quelques hommes. Ils se feront payer cher.

Dumarest songea à ce qu'il avait laissé à la ferme. A la ferme et sur la route.

— Il ne nous faut pas une chaloupe, rien qu'un moteur. Nous pourrons en louer une pour nous emmener jusqu'à la ferme. Qu'aiment-ils en matière de monnaie d'échange ?

— Les Melevganiens ? Des objets manufacturés ; des projectiles pour leurs lances, des circuits électroniques, des forets, des machines-outils, des trucs comme ça. L'argent suffira, ainsi que le moteur, mais pour les hommes ?

Dumarest termina son vin.

— Je me charge des hommes.

CHAPITRE VIII

Il allait pleuvoir. Frère Elas le sentait à ses rhumatismes, signe sûr d'un temps sans clémence, et bientôt viendrait l'hiver, les neiges du nord et la bise glaciale. Sur Ourelle, les saisons étaient brèves et les journées caniculaires de l'été ne tarderaient pas à disparaître, le soleil à se cacher derrière les nuages, le sol à durcir et la misère à régner. Mauvaise époque pour les moines comme pour les pénitents. Epoque sinistre pour tous ceux qui n'avaient que l'Eglise vers qui se tourner.

Cette pensée le fit frissonner ; bien entendu, ce n'était que son imagination, car la nuit était chaude et la pluie ne ferait qu'apporter un peu d'humidité. Mais les fonds, comme toujours, étaient au plus bas et il savait trop bien ce qui l'attendait. Enfin, c'était quelque chose d'inévitable qu'il fallait accepter comme le reste.

Il quitta lentement la cahute et se dirigea vers l'église installée dans un terrain vague. Une petite bâtisse préfabriquée, comme toutes les églises, dotée d'un siège, d'une lampe de bénédiction et d'un siège pour un fidèle. Frère Karl vint à sa rencontre, son jeune visage marqué par des signes de fatigue. Il s'inclina et dit :

— Nous avons du travail, ce soir, mon frère.

— Grave ?

— Non, mais...

— Tu es fatigué.

— C'est vrai, néanmoins...

— Tu es fatigué, répéta fermement le moine plus âgé. Le cerveau engourdi ne voit pas toujours les choses telles qu'elles sont. Il faut que tu manges et que tu te reposes un peu ; et rappelle-toi, mon frère, ce que tu es et ce pour quoi tu es en ce lieu.

Une réprimande, certes légère, mais nécessaire tout de même. Le péché d'impatience était proche de celui d'orgueil et nul moine de l'Eglise Universelle ne devait jamais oublier un seul instant qu'il était serviteur et non maître. Que son devoir était d'aider et de ne jamais exiger. D'apprendre que la déconvenue faisait partie de la vie et que sa tâche paraissait infinie.

Cela n'était pas facile à accepter, d'autant plus que le corps était jeune et l'âme impatiente. Frère Karl apprendrait que l'univers ne pouvait être changé en un seul jour. Il fallait se contenter de prendre des pénitents que l'on réconfortait et leur donner la foi qui, elle seule, pouvait leur apporter le vrai bonheur.

Je vais en ce lieu par la grâce de Dieu.

Une fois que les hommes accepteraient cela et vivraient selon ce précepte, le Millénaire serait proche.

Frère Karl s'inclina humblement.

— Mes excuses, mon frère. J'ai encore beaucoup à apprendre.

— Tu as appris, mais il t'arrive d'oublier. Va, maintenant, et mange un peu avant de te reposer. Le corps fatigué est mauvais serviteur et tu as travaillé dur.

Trop dur, songea-t-il tandis que s'éloignait le jeune prêtre. Il voulait en faire trop, comme tous les moines frais émoulus du grand séminaire d'Espoir, impatients de convertir en faits ce qu'ils avaient appris. Il saurait bientôt que l'arme la plus puissante qu'ils possédaient était la patience, avec le dévouement et, par-dessus tout, une compassion infinie.

Il prit place dans l'église, ses os craquant comme il

s'installait sur le siège encore chaud. Combien de temps depuis qu'il avait écouté son premier pénitent? Quarante années… au moins, sinon plus. Presque un demi-siècle à absorber la sagesse des moines plus âgés, à suivre la même route qu'eux. Il aurait pu être à la tête d'une église sur un monde hospitalier, mais il avait toujours voulu changer quand l'essentiel de sa tâche avait été accompli, repartant vers là où il estimait qu'on avait le plus besoin de lui.

Des mondes rudes. Une vie rude, mais il n'en eût point voulu d'autre.

Il cligna des yeux, conscient que son esprit vagabondait, et il se redressa et toucha la cloche pour appeller le premier des suppliants. L'homme était maigre, la peau fiévreuse, les yeux anormalement brillants. Il s'agenouilla devant la lampe de bénédiction, les ondes de couleur peignant son visage d'un éclat kaléidoscopique. Sa voix était un murmure hâtif :

— … et j'ai pris ce qui n'était pas à moi. J'ai volé une cape et une paire de bottes, je les ai vendues et j'ai gardé l'argent. Je voulais acheter de la nourriture, mais il y avait cette salle de jeu où je suis entré où j'ai pensé accroître mes gains. J'ai malheureusement perdu et quand je suis rentré le bébé était mort. L'argent l'aurait peut-être sauvé. Mais j'ai fait un effort, mon frère, j'ai mal fait, mais j'ai essayé et maintenant…

Torturé par son sentiment de culpabilité, il s'était tourné vers le seul recours qu'il connût.

— Regarde la lampe, dit Frère Elas. Que la lumière du pardon te lave de tes péchés et apaise ton cœur. Regarde la lampe.

Un flot de couleur qui produisait rapidement une transe hypnotique. On souffrait une pénitence subjective et l'on se relevait pour manger le pain du pardon.

Il en vint d'autres avec leurs crimes véniels, la plupart inventant leurs péchés afin de recevoir l'hostie dont les concentrés les aidaient à survivre. Cela ne dérangeait pas Frère Elas ; c'était payer bon marché l'interdiction contre le meurtre inculquée par la lumière et moins cher encore l'incorporation au sein de l'Humanité, la grande Fraternité de l'Homme où chacun devait être gardien d'autrui et nul ne devait avoir à vivre seul.

La séance fut longue, mais elle se termina lorsque plus personne ne répondit à l'appel de la cloche. Le vieux moine se leva avec raideur et quitta l'église. Il avait commencé à pleuvoir et la bruine rendait le sol glissant tout en accroissant la douleur de ses os. Frère Karl, le visage apaisé, les yeux moins las, vint à sa rencontre devant sa cahute.

— Tu as un visiteur, mon frère. Je lui ai demandé d'attendre.

— Est-il ici depuis longtemps ?

— Moins d'une heure. Je voulais t'appeler, mais il m'a demandé de ne point le faire. Désires-tu ma présence ?

— Non. Ferme l'église ; il n'y aura plus de pénitents ce soir. Mais si tu pouvais me préparer un peu de nourriture... ?

Dumarest se leva lorsque le moine pénétra dans la cahute. Il avait étudié un objet fait de graines et de bouts de minéraux brillants, le tout façonné en forme de jeune homme couvert d'une soutane, la capuche rejetée sur les épaules. Il se présenta.

— Cela te représente, mon frère ?

— Oui. (Elas toucha légèrement l'objet délicat.) Souvenir de Kalgarsh. Tu connais ce monde ?

— Non. Je ne connais pas ce monde-là. Non.

— Un endroit rude au sol pauvre et aux récoltes maigres. J'y étais il y a de nombreuses années. Les femmes sont habiles et j'ai essayé d'introduire une nouvelle forme artistique, des souvenirs qu'elles puissent vendre aux touristes venus admirer les tempêtes. La terre est aride, les vents violents et, à certaines époques de l'année, de vastes nuages de poussière colorée restent suspendus dans le ciel comme des images. On m'a donné ceci quand je suis parti.

— Un hommage chaleureux, dit poliment Dumarest.

— C'est peu de chose, mais je lui attache un certain prix. Vanité, peut-être, mais il n'est pas toujours sage d'oublier le passé et, à mon âge, les souvenirs ont une douceur spéciale. Maintenant, mon frère, tu désirais me parler ?

— J'ai besoin de ton aide.

— Mon aide ?

— La tienne et celle de l'Eglise.

Dumarest lui parla de l'enfant et de ce qui s'était passé.

— Tout le mystère réside dans la raison de son enlèvement. A ma connaissance, il n'appartenait pas à une Maison fortunée. Sa mère était loin d'être riche. En tant qu'esclave, il ne peut avoir une grande valeur et nul négrier ne se donnerait tant de mal. On l'a emmené quelque part. Je veux savoir où. Si je savais déjà pourquoi on l'a kidnappé, cela m'aiderait à le retrouver.

— Je vois. (Le vieux moine resta assis à ruminer.) Et ton intérêt personnel ?

— Une promesse faite à une mère mourante. (Dumarest devina ce que pensait le vieillard.) Je ne puis garder le petit avec moi. S'il a des parents, il doit les rejoindre. Je ne veux pas que ceux qui l'ont enlevé puissent le garder. Ils ont fait trop de mal. Peut-être qu'avec un peu de chance je pourrais les punir.

— Par le meurtre, dit Elas, amer. Par les mutilations, la violence, des blessures physiques. Tu es un homme dur, Dumarest. Trop dur, peut-être. Mais comment puis-je t'aider ?

— Toi et l'Eglise Universelle, le reprit Dumarest. Il se trouve des moines sur presque toutes les planètes et je connais l'influence que vous avez en hauts lieux. Des amis qui seraient prêts à apporter une assistance, ne serait-ce qu'en répondant à une ou deux questions. Il pourrait aussi y en avoir d'autres qui cherchent le gamin. Vous pourriez poser des questions, découvrir si un enfant semblable a disparu dans une famille, trouver ses parents, peut-être. N'importe quoi.

— Et comment cela pourrait-il se faire ?

— Tu le sais, mon frère. Nous le savons tous deux. Par l'hyper-radio incorporée dans chaque lampe de bénédiction, un réseau de communication qui s'étendait à travers toute la galaxie. Jusqu'à Espoir lui-même, où étaient conservées les archives et où l'on trouverait peut-être la réponse.

— Un gamin, dit Dumarest. Jeune, perdu, sa vie menacée. Quelqu'un qui a besoin de votre aide. Je sais que vous ne pouvez la lui refuser.

Frère Elas poussa un soupir. L'homme avait raison, bien entendu ; il ne pouvait refuser, mais les indices étaient maigres. Un petit garçon, jeune, blond, les yeux bleus... une description qui correspondait à beaucoup d'enfants.

— Tu ne peux rien m'indiquer de plus ? Est-il né sur Ourelle ?

— Je ne pense pas. Sa mère a dû l'amener de Veido... une planète que je ne connais pas.

— Aucun salidographe, ni liste de traits particuliers ? (L'homme écarta les mains.) Il faut que tu te rendes compte des difficultés. Plus j'aurai de renseignements, mieux je pourrai t'aider.

— Je comprends. Et je pense pouvoir vous procurer ce qu'il vous faut. Mais je ne suis pas simplement venu ici pour vous solliciter. J'ai également une offre à vous faire. Ne te trompe pas sur ce que je vais te dire. Je sais qu'on ne peut vous acheter et que vous n'exigerez aucun paiement pour ce que je vous demande. En fait, je vais vous demander davantage encore.

— Oui ?

— La mère de cet enfant possédait une ferme. Elle est morte, désormais, ainsi que son mari. Les biens reviennent donc au petit, mais il est jeune et l'on risque de ne jamais le retrouver. Je te demande de l'administrer en son nom en attendant son retour. Des dégâts ont été commis, mais la maison est intacte et la récolte est prête à être faite. Il y a de l'eau et beaucoup de bois de coupe. Nul ne s'opposera à ce que tu t'y installes pour t'en occuper.

— Tu jures que tu m'as dit toute la vérité ? demanda paisiblement Elas.

— On me connaît sur Espoir. Le Grand Prêtre Jérôme se portera garant de moi.

— Il est mort. L'ignorais-tu ?

— Il y a les archives.

Les archives ne mouraient pas ; cette perspective était rassurante. Elas réfléchit. Une ferme qui procurerait de la nourriture, de la chaleur et le réconfort face à la froidure à venir. Un abri face à l'étreinte d'acier de l'hiver. Frère Karl pourrait s'en occuper et trouver ainsi un exutoire à son énergie. Un endroit où les hommes pourraient travailler, prendre des forces et recouvrer leur amour-propre. Un havre pour les familles qui n'avaient aucun espoir.

Dumarest se leva.

— Il te faudra y réfléchir. J'espère partir dans quelques heures. Une chaloupe de location me conduira jusqu'à la ferme. Si tu veux envoyer un moine, il pourra voir les lieux et te faire son rapport. Je pourrai peut-être avoir également de nouvelles informations sur l'enfant. La chaloupe permettra évidemment à ton moine de revenir.

— Frère Karl t'accompagnera. Et maintenant ?

— Maintenant, dit Dumarest d'une voix égale, il faut que je trouve des hommes.

Il les trouva là où il s'y attendait, tapis sous des bouts de plastique et de métal martelé, de planches et de divers tissus abandonnés. C'était là toute leur protection contre la pluie. Des égarés, des voyageurs qui n'avaient même pas le prix d'un passage en Bas, ceux qui, pour une raison ou une autre, se retrouvaient au bas de l'échelle. Les désespérés.

Un homme assis sous un auvent touillait le contenu d'une marmite sur un feu. Il leva les yeux sur Dumarest qui passait, le regard soupçonneux, méfiant. Derrière lui, une femme toussa et ramena sur ses épaules une couverture moisie. Deux autres jouaient aux dés sans grand intérêt, tuant le temps sans rien à parier. Un groupe se pelotonnait pour se réconforter. Un homme pinçait les lèvres en raccommodant la déchirure d'une botte. Un autre affûtait la lame d'un poignard.

Les villes basses se resemblaient toutes.

Dumarest avança parmi eux, sentit l'infection, le parfum de la crasse et de la maladie, de la nourriture malsaine et du désespoir corrosif. Avec, partout, la puanteur de la pauvreté qui ne trompait pas.

Il fit halte et leva la voix :

— J'ai besoin de quelques hommes. Un mécanicien capable de réparer une chaloupe. D'autres qui aient le dos et les épaules solides. Qui cela intéresse-t-il ?

l'homme qui affûtait son poignard se leva et glissa la lame dans un étui qu'il avait à la taille.

— Pour quoi ?

— Un voyage. Difficile, dur, c'est pourquoi il me faut des hommes à la hauteur. Vous aurez de la nourriture, des vêtements, et peut-être le prix d'un passage quand le travail sera terminé.

— En Haut ou en Bas ?

— Peut-être en Haut...

L'homme fronça les sourcils.

— Peut-être ?

— C'est ce que j'ai dit.

Dumarest affronta son regard, se retourna pour jeter

un coup d'œil aux autres, qui s'étaient regroupés autour d'eux. L'homme à la botte percée se rapprocha.

— Je suis mécanicien. Vous voulez qu'on vous répare une chaloupe. J'en suis capable.

— Vous en êtes sûr ?

— J'en suis sûr. (Les yeux de l'homme se déplacèrent légèrement.) Donnez-moi ma chance et je vous montrerai ce que je sais faire. Vous n'êtes pas obligé de me croire : demandez aux moines, ils vous diront de quoi je suis capable.

— Vous avez reçu la lumière ?

— Bien entendu, autrement comment aurais-je pu...

— N'y pensez plus, lâcha Dumarest. Quelqu'un d'autre ?

Un homme trapu s'avança. Il portait des vêtements de couleur terne, des bottes raccommodées et une chemise rapiécée, mais ses joues étaient pleines et ses épaules carrées.

— Je m'appelle Jasken. Vous voulez un bon mécanicien, je suis votre homme. Je sais construire une chaloupe à partir de zéro et si vous voulez qu'on répare du matériel minier, j'en suis également capable. Et je suis pieux.

— Quelle différence cela fait-il ? demanda quelqu'un.

— Il veut des hommes qui savent combattre et tuer si nécessaire. (Jasken n'ôta pas les yeux de Dumarest.) Très bien, je suis prêt à faire n'importe quoi pour de l'argent. Votre proposition ?

— Je vous l'ai dit. De la nourriture, des vêtements, de l'argent, si nous en trouvons, rien autrement.

— Un voyage. Où ? (Il lâcha un sifflement lorsque Dumarest le lui dit.) Merde, j'ai entendu parler de ce coin. M'sieur, vous ne savez pas ce que vous demandez !

— Est-ce que j'ai dit que ça serait facile ? (Dumarest haussa les épaules.) Je ne suis pas un moine et je ne fais pas la charité. Je vous donne une chance de quitter ce trou et de tenter votre fortune sur un autre monde. Vous êtes mécanicien, alors ?

— Et qualifié.

— Vous avez intérêt. Si vous mentez, vous le regretterez.

Jasken prit son souffle.

— Je ne mens pas, M'sieur. Je n'ai pas besoin de le faire.

— Alors, pour quelle raison vous ne travaillez pas ? Il n'y a pas de chaloupess à réparer sur Ourelle ? Pas de mines qui aient des équipements à entretenir ? Répondez-moi.

— Ils ont des guildes.Vous appartenez à l'une d'elles sinon vous ne travaillez pas. A l'extérieur de Sargone, peut-être, mais comment en sortir ? J'ai atterri ici il y a trois mois, après avoir voyagé en Bas. J'ai peut-être travaillé trois semaines. Des petits boulots, mais j'étais content de les trouver. Les guildes sont alors entrées en branle et se sont donné le mot : si on m'employait, on aurait des ennuis. Personne n'a envie d'avoir des ennuis. (Jasken montra les dents.) Je me suis débrouillé pour rester en vie, mais ça n'a pas été facile et je ferais l'aller-retour pour l'enfer pour un passage en Haut.

— C'est ce que je cherche.

— Alors, c'est ce que vous allez trouver. (Jasken scruta le regard de Dumarest.) Vous êtes un voyageur, je le sais. Vous ne vous êtes jamais trouvé en rade ? Vous ne savez pas ce que c'est ?

— Je le sais, répondit brièvement Dumarest.

— Oui, ça se voit. Combien d'hommes vous faut-il ? Je les connais, ajouta-t-il comme Dumarest ne répondait pas. Je sais qui fait appel à l'Eglise et qui s'en passe. Qui est faible et qui est fort, ceux qui ont le cran de courir leur chance et ceux qui se contentent de ne pas bouger en attendant un miracle. Vous me laisserez les choisir ?

Ses amis, ceux à qui il pouvait se fier pour l'appuyer en cas d'ennuis ? Les hommes désespérés n'étaient pas pusillanimes s'ils avaient une chance de gagner facilemet de l'argent. C'était un risque qu'il rechignait à prendre et pourtant Dumarest savait qu'il n'avait pas tellement le choix. Peu importait qui il sélectionnerait, ils auraient une cause commune.

— Prends-en huit. Je trierai. Qu'ils viennent près de l'église.

Comme Jasken s'éloignait, il retourna près de l'homme assis devant sa marmite et baissa les yeux sur lui.

— Toi. Quel est ton nom ?

— Preleret. Pourquoi ?

— Lève-toi !

Un instant, l'homme hésita, puis se redressa lentement, les yeux étincelants.

— Ecoutez, M'sieur... je ne suis peut-être pas grand-chose, mais je ne me laisse pas chahuter. Par personne.

— C'est ta femme ?

L'homme glissa un coup d'œil dans la direction de la femme assise qui frissonnait malgré la chaleur de la nuit.

— Je m'occupe d'elle.

— Elle est mourante, lui dit brutalemet Dumarest. Dans une semaine, tu n'auras plus qu'à la mettre en terre. Je t'ai proposé du travail ; pourquoi ne l'as-tu pas accepté ?

L'homme cracha tranquillement.

— J'ai déjà été escroqué, M'sieur. Travaille dur, sois loyal et ramasse le magot au bout de l'arc-en-ciel. Au diable tout ça. Sur Frendis, j'ai travaillé six semaines à la moisson et j'ai découvert à la fin que je devais davantage d'argent que je n'en avais gagné. Sur Carsburg, c'était trois mois sur un chantier avec la promesse d'une prime, des heures supplémentaires et salaire double les jours fériés. Il n'y a pas eu de prime, pas d'heures supplémentaires payées et pas de jours fériés. Vous savez ce qu'on m'a donné ? Une paire de bottes neuves. Alors, au diable les promesses !

— Et elle ? Au diable, aussi ?

— Allez vous faire foutre ! Vous vous imaginez que je ne sais pas que son état est grave ? Qu'est-ce que vous essayez de faire ?

Dumarest plongea la main dans sa poche, en sortit des pièces qu'il fit tinter dans sa paume.

— Ceci la sauvera, dit-il paisiblement. De l'argent pour lui acheter les médicaments et les soins dont elle a besoin. Une place à l'infirmerie, de la nourriture pour la remonter et la remplumer. Tu es trop fier pour l'accepter ?

— M'sieur, pour elle j'avalerais des couleuvres. Non, je n'ai plus de fierté.

— Je veux que tu m'accompagnes. Tout ce que je peux t'offrir, c'est une chance... mais qu'as-tu actuellement ? Rien. Elle mourra et tu ne tarderas pas à la suivre. (Il lui tendit l'argent.) Je ne t'achète pas ; l'argent t'appartient, que tu viennes ou non. Mais réfléchis-y. Si tu veux m'accompagner, je serai de retour à midi.

— Je... (L'homme déglutit péniblement en contemplant l'argent.) M'sieur, je...

— A midi. A l'église.

Il s'éloigna vers l'endroit où Jasken attendait avec les hommes qu'il avait choisis. Preleret serait au rendez-vous ; malgré ce qu'il avait dit, il avait de la fierté et serait reconnaissant. Le contact de l'argent opérerait sa magie. Il apportait la santé, la liberté et, peut-être, le bonheur. Il serait là et fournirait une certaine assurance face aux autres des hommes de Jasken.

CHAPITRE IX

La ferme n'avait pas changé : la maison aux fenêtres fermées ressemblant à des yeux aveugles, la porte toujours barrée par les planches qu'il avait clouées avant de partir. Devant elle s'étendaient les cendres des incendies répandues uniformément par les vents et donnant l'impression d'une neige crasseuse. Les intrus gisaient là où ils étaient tombés, les armures bizarres saupoudrées de gris, la cendre les ayant comme fondus dans le sol.

Dumarest étudia les environs. Un monticule de terre révélait l'endroit où les Hegelt avaient enseveli leurs défunts, un autre plus petit où il avait enfoui Elray. Aucune trace de pas. Les petits hommes basanés avaient pleuré leurs morts, puis étaient partis, chassés par la peur des fantômes ou d'une vengeance ultérieure.

— Vilain spectacle, mon frère, dit Frère Karl. Il ne convient pas à un lieu aussi doux.

— Non.

— Nous atterrissons ?

— Un instant.

Dumarest appela Tambolt qui occupait avec les autres la chaloupe réparée.

— Effectuez un large cercle autour du secteur.

Jusqu'aux arbres de la crête. Je veux m'assurer que personne ne rôde par ici.

— Vous vous attendez à des ennuis ? demanda le pilote de la chaloupe de location. (Mal à l'aise, il tira sur le col de sa chemise.) Ecoutez, M'sieur, j'ai été engagé pour vous transporter ici et ramener le moine en ville. Personne n'a parlé de bagarre.

— Atterrissez près de la maison, dit Dumarest. A quelques mètres de la porte de devant.

— Commencez à décharger. (Dumarest considéra les ballots à l'intérieur du véhicule, les marchandises d'échange qu'avait achetées Tambolt.) Mais soyez prudent. Si vous en laissez tomber un, on risque de se retrouver au diable vauvert.

— Des explosifs ? Mais...

— De la prudence, c'est tout.

Les planches lâchèrent avec un cri de protestation. Dumarest les écarta et pénétra dans les lieux familiers. Il faisait sombre, la lumière entrant avec lui par l'ouverture projetant des ombres imprécises dans le couloir et au pied de l'escalier. Elles disparurent lorsqu'il ouvrit les autres portes, emplissant la maison d'une lumière émeraude.

— Belle maison, commenta le moine.

Son regard était brillant, impatient. Il distribuait déjà les pièces et évaluait les travaux à effectuer. Un bureau pour l'administration, une salle pour la lampe de bénédiction, une autre pour l'infirmerie. On pouvait couper des arbres pour construire des cahutes. On pouvait utiliser l'argile qui serait moulée et cuite pour la fabrication de buses de drainage et l'extension du réseau d'alimentation en eau. On pouvait installer des bains près de la rivière, réparer les silos, les granges, les ateliers. Pierres et vase permettraient l'extension de la maison. Les matériaux étaient tous là et la main-d'œuvre ne manquerait pas.

— Belle demeure, répéta-t-il. Un havre pour ceux qui sont dans le besoin durant l'hiver.

— A administrer pour l'enfant, lui rappela Dumarest.

— Bien entendu. Je ne l'oublie pas.

Frère Karl considéra les vilaines taches sur le plancher de la pièce où ils se tenaient alors.

— La propriétaire est morte ici ?

— Le mari de la propriétaire. Elle est morte en route pour la ville. Tu as vu sa tombe.

— Oui, j'aurais dû m'en souvenir. Eh bien, par où commençons-nous ?

La pièce était un cabinet, le bureau était plein de bouts de papiers, de vieilles factures, d'archives, de listes de plantations et de fiches de stock. Dumarest consulta un document dans une chemise, le titre de propriété de la ferme, et n'apprit rien qu'il ne sût déjà. Il le tendit au moine et se leva en fronçant les sourcils.

— L'enfant était très proche d'elle, dit-il. En haut, peut-être, dans sa chambre ?

Elle contenait des souvenirs qu'il fit de son mieux pour ignorer. Une garde-robe garnie de vêtements de campagne. Un miroitement de couleur révéla une robe décolletée serrée à la taille en tissu diaphane : une robe de soirée ou destinée à une femme du monde. Le col et la taille étaient effrangés, comme s'il l'on en avait arraché les décorations.

Des bijoux, peut-être ? Les pierres qui lui avaient permis d'acheter la ferme ?

Dumarest fouilla dans un petit coffre et découvrir un assortiment de produits de beauté, des fards, des brosses, des flacons de parfums.

— La chambre de l'enfant, peut-être ? suggéra le moine, un peu plus tard.

Elle était petite, nichée sous le toit, chaude et

éclatante de couleurs gaies. Une douzaine de variétés d'animaux dessinés sur les murs, des couvertures douces sur le lit en désordre, une étagère pleine de jouets, des objets sculptés dans le bois, en chiffon, des combinaisons de cailloux et de graines.

Ses vêtements semblaient tout petits.

Dumarest vérifia tout, la mâchoire rigide. Jondelle était endormi, peut-être perdu dans un rêve d'enfant, quand l'attaque s'était produite. Il avait dû être réveillé et, effrayé, appeler à l'aide. Il y avait eu la forme de l'homme cuirassé, grotesque, terrifiante, qui avait franchi la porte brutalement. Un bras l'avait plaqué contre la poitrine métallique, une main gantée lui avait bâillonné la bouche. Puis l'injection de drogue qui l'avait rendu mou et inconscient, facile à manipuler.

Il sentit une main lui toucher le bras. Le moine était inquiet.

— Quelque chose qui ne va pas ? Tu as l'air...

— Ce n'est rien. (Dumarest emplit ses poumons.) Tout va bien.

— Ton visage... (Frère Karl hocha la tête.) Ton expression. Je la connais, mon frère... je l'ai déjà vue chez un homme prêt à tuer. (Il marqua une pause, puis ajouta :) Rien ici. L'infirmerie, peut-être ?

Elle était blanche et propre, avec une table qui pouvait servir pour les opérations urgentes, un appareil de stérilisation sur le côté, des lampes à ultraviolets pour détruire les bactéries invisibles. Une pharmacie qui contenait des médicaments dérangés lors de la fouille précédente de Dumarest. Des notes sur les traitements appliqués.

Il trouva le sien et le déchira en petits morceaux tandis que le moine examinait le reste.

— Rien. (Le moine paraissait stupéfait.) Pourtant, elle devait le soigner, l'examiner. Les enfants sont sujets à des petits bobos et, en tant que docteur, elle avait dû s'intéresser à son évolution. Pourquoi ne trouvons-nous aucun solidographe ? Il n'y a pas la moindre image de l'enfant dans toute la maison.

— C'était une femme, fit Dumarest, songeur. Un docteur, certes, mais une femme avant tout.

Il remonta au premier et s'intéressa de plus près au coffret de produits de beauté. Il en renversa le contenu sur le sol et palpa le fond, les doigts raides. Dans un geste d'impatience, il abattit le poing sur la base. Le bois craqua, se fendit tandis qu'il l'ouvrait. Le moine se rapprocha comme il enlevait ce qui se trouvait sous le double fond.

Des registres médicaux. Un solidographe représentant un petit bébé souriant, un autre, pris plus tard, un enfant aux cheveux blonds et aux yeux bleus debout devant un bouquet d'arbres.

— C'est lui ? demanda le moine.

— Oui. Jondelle. Les registres médicaux donneront les caractéristiques physiques.

Dumarest étudia le dernier objet : une carte en plastique souple portant une photographie, un nom, une série d'empreintes digitales, une liste de symboles en code. Un certificat d'habilitation... ou la copie de celui-ci, qui aurait dû rester dans un dossier.

Il considéra le visage, plus jeune qu'il n'en avait le souvenir, mais tout aussi déterminé.

— La femme ? (Le moine était curieux.) La mère du petit ?

Dumarest branla du chef et lut le nom.

— Kamar Ragnack. Elle avait fait un anagramme à partir des trois premières lettres des deux noms. Je ne sais pas pourquoi, mais il est évident qu'elle essayait de se cacher.

Il tendit les papiers et la carte au moine, garda les solidographes, les retournant pour considérer l'enfant sous tous les angles.

— Tu pourras les copier. Ça devrait être utile.

Le moine les prit et les fourra dans sa soutane.

— Et maintenant ?

— Tu rentres en ville et nous nous occupons de ce que nous avons à faire.

La chaloupe était vide et le pilote impatient de repartir. Dumarest regarda l'appareil décoller ; le moine leva le bras en signe d'adieu tandis qu'il s'éloignait. Tambolt avait atterri tout près du tas de ballots.

— J'ai examiné les alentours. Rien.

— Aucun signe de feux, de cendres, de terre remuée ?

— Rien, Earl. J'ai fait du rase-mottes et j'ai tout vérifié. Personne n'est venu par ici et personne ne nous observe. (Il considéra les cendres des incendies et les morts en armure.) On dirait qu'il y a eu du grabuge, ici. Tu as appris quelque chose sur l'enfant ?

— Non.

— Tu ne me le dirais pas si c'était le cas... mais nous sommes associés, tu te rappelles ?

Dumarest regarda les six autres hommes assis dans la chaloupe. Le plus âgé lança :

— Tu nous as promis de la nourriture et des vêtements, Earl. Je ne me plains pas, mais le temps passe. Quand allons-nous manger ?

Il s'appelait Sekness, c'était un homme tranquille qui était resté propre et impeccable malgré les privations. Il portait une matraque et avait perdu l'auriculaire de la main droite.

— Dès que tu auras préparé le repas. (Dumarest désigna la maison d'un mouvement de tête.) Va dans la cuisine. Il y a de quoi manger dans la réserve et de la viande dans la glacière. (Il s'adressa à l'un des autres.) Aide-le. Jasken, comment va la chaloupe ?

— Pas terrible. (L'homme trapu se renfrogna et se frotta la mâchoire.) Le moteur ne pose pas de problème, mais les bandes de liaison ne sont pas ce qu'elles devraient être. La poussée est faible. Nous devons avoir une efficacité de soixante pour cent, à vue de nez.

Nous pouvons transporter les hommes ou le chargement, mais pas les deux.

— C'est magnifique, lâcha Tambolt. Nous sommes battus avant même de partir. Tu fais un sacré mécanicien !

— J'ai installé le moteur, répondit calmement Jasken. Trouve-moi de nouvelles bandes de liaison et tout ira bien. Malgré tout, nous aurions des problèmes. La chaloupe n'est pas assez grande pour ce que tu veux faire. Ces ballots sont lourds et nous parlons de huit hommes. Fais l'addition et tu verras que la charge est trop importante.

— On se débrouillera, dit Dumarest.

— Comment ? (Tambolt s'énervait.) Je t'ai dit que l'argent ne suffirait pas. Merde, mon vieux, est-ce que tu t'imagines tout ce qui nous attend ? Un terrain accidenté presque tout du long, des ravins, des montagnes, des forêts. Et ne pense pas que ça ressemble à ce que nous avons rencontré jusqu'à présent. Après le Relad, le terrain se transforme. Je t'avais averti que ça ne serait pas facile.

— Si ça l'était, je n'aurais pas besoin de toi, dit Dumarest d'un ton égal. Ni de la chaloupe, des marchandises ou des hommes. J'y serais allé seul. Maintenant, cessez de vous plaindre et chargez ces ballots. Preleret, suis-moi.

Dans la maison, il ouvrit brutalement une garde-robe et indiqua les vêtements. Ceux d'Elray.

— Sers-toi. Prends ce dont tu as besoin et partage le reste avec les autres. Tu sais te servir d'un fusil ?

— Oui, si nécessaire.

— Emporte ça. (Dumarest lui tendit l'une des deux armes que contenait la maison.) Il y a des cartouches dans le tiroir ; assure-toi qu'elles soient toutes embarquées dans la chaloupe. Ne touche rien et veille à ce que personne ne prenne ce qui ne lui appartient pas. Tu comprends ?

Preleret hocha la tête.

— Comment va ta femme ?

— Bien. Les toubibs ont dit que je l'ai amenée à l'infirmerie juste à temps. Elle ira bien. Ils lui trouveront même du travail, pas grand-chose, du nettoyage, mais cela lui procurera le gîte et le couvert en attendant mon retour. (L'homme hésita.) Earl, je ne suis pas très doué pour parler, tu sais. Mais...

— Prends tes vêtements. Et tiens ce fusil à portée de main. J'aurai peut-être besoin de toi à un moment donné. Tu me suis ?

— Parfaitement, Earl. (Preleret prit longuement son souffle.) Tu ne veux pas de remerciements et je ne sais pas les exprimer. Mais je te rembourserai d'une manière ou d'une autre. Ne t'en fais... tu peux compter sur moi.

Dumarest branla du chef et quitta la maison. A l'extérieur, Tambolt supervisait le chargement, Jasken plaçant les ballots pour ne pas déséquilibrer la chaloupe. Il leva les yeux sur Dumarest qui passait, parut sur le point de parler, puis changea d'avis. La forme affalée d'un personnage en armure reposait sur le côté ; Dumarest alla un peu plus loin et se pencha pour ramasser la lance brisée qu'il avait utilisée. Puis son regard se braqua vers l'endroit où Makgar avait reçu sa blessure et dans la direction qu'avait prise la chaloupe des bandits.

Cela ne signifiait rien. Ils avaient pu effectuer un cercle avant de disparaître. L'air ne conservait pas de traces. Le vent avait balayé les cendres et les cicatrices de la bataille.

Derrière lui, Tambolt lança :

— On rêvasse, Earl ?

— Je réfléchis.

— A la chaloupe ? Elle ne peut nous porter en même temps que le chargement. On pourrait en abandonner une partie et laisser quelques hommes sur place. Ou bien tout emporter et partir à deux. Je n'aime aucune des deux solutions. Il nous faut les marchandises et nous aurons besoin de tout le monde.

— Ainsi que de la nourriture.

— Un poids supplémentaire, mais tu as raison. Les hommes doivent manger. Merde, Earl ! Qu'est-ce qu'on peut faire ?

— Se servir de cordes. Des bouts de six mètres attachés à la chaloupe. Une boucle à l'extrémité sur laquelle nous nous appuierons. La chaloupe se soulèvera et nous la suivrons. Grâce à cette facilité, nous devrions pouvoir effectuer des bonds de trois à six mètres pour avancer. Simple.

— Simple, acquiesça Tambolt. Sur un sol plat et avec un pilote expérimenté. Mais quand le sol deviendra accidenté et qu'il soufflera des vents de travers ? Les gars n'apprécieront pas.

— Ils apprécieront, fit Dumarest, inflexible. Sinon, tant pis pour eux. Mais il y a une chose sûre : ils ne vont pas laisser tomber. Une fois partis, nous continuerons jusqu'au bout.

— Jusqu'à ce qu'on ait atteint Melevgan.

— Jusqu'à ce qu'on ait trouvé le petit, le reprit Dumarest.

Il considéra la lance brisée dans sa main et la planta au loin dans la terre.

— Jusqu'à ce qu'on ait trouvé ceux qui l'ont capturé. Maintenant, allons manger.

CHAPITRE X

Le premier jour, ils parcoururent cent soixante kilomètres, courant en dessous de la chaloupe, le nœud coulant sous les aisselles, voyage bondissant qui les laissa tous épuisés à l'exception de Dumarest et de Jasken. Le soir, ils campèrent et mangèrent le premier véritable repas de la journée, beaucoup de protéines, peu de volume mais beaucoup d'énergie.

Tambolt fixa la lance que Dumarest lui tendit.

— Pour quoi faire ?

— On monte la garde.

La lance était l'une des quatre récupérées autour de la ferme, rechargée grâce aux munitions qu'ils transportaient.

— Toi, moi et Jasken.

— Impossible. Je suis crevé.

— C'est possible, dit Dumarest, inflexible. Et tu le feras.

— Les autres...

— ... n'en ont pas la force. (Dumarest fourra la lance entre les mains de Tambolt.) La seule chose que tu aies à faire, c'est garder les yeux ouverts. Si tu vois quelque chose, tu cries. Si ça se dirige vers toi, tu pointes l'arme dessus. Si nous sommes attaqués, tu tires. C'est tout simple.

A l'aube, l'un des hommes, Altrane, se plaignit d'une cheville. Elle était gonflée et sensible au toucher. Dumarest déchira une chemise et la banda fermement, puis fabriqua des éclisses à l'aide d'une traverse pour la soutenir. L'homme posa le pied à terre en grimaçant.

— Je n'y arriverai pas. Il faudra que je monte à bord.

— Tu avanceras comme nous autres. Tu te serviras de l'autre cheville... et cette fois-ci tu as intérêt à faire attention.

L'homme s'entêta.

— Je monte à bord ou je laisse tomber. Laisse-moi un peu de nourriture et l'une des lances et je me débrouillerai pour revenir.

— Tu ne monteras pas à bord et tu ne laisseras pas tomber, fit Dumarest. Tu nous accompagneras, même si on doit te tirer. Maintenant, prends cette corde et rappelle-toi ce que je t'ai dit. Si tu te blesses l'autre cheville, je te laisserai pourrir sur place. Allez, en route !

Ils avancèrent moins rapidement, ce jour-là, mais davantage le lendemain. Le terrain devenait accidenté, de grosses roches et des étendues de pierraille les ralentissant excessivement. Une forêt dut être contournée et des collines escaladées. Lorsqu'il atteignirent les montagnes, les hommes étaient aguerris, endurcis et agiles comme des chats. Mais ils étaient arrivés au bout de la route.

— On va manquer de nourriture, annonça Sekness. Il y en a assez pour deux gros repas ou une demi-douzaine de petits. (Il contempla les montagnes qui se dressaient devant eux.) Il pourrait y avoir du gibier là-haut, mais j'en doute.

— Il n'y a pas de gibier, affirma Tambolt. Mais Melevgan se trouve de l'autre côté. Si cette foutue chaloupe marchait normalement, on y serait en une journée.

— La chaloupe marche très bien, fit Jasken. J'en ai marre que vous vous en plaigniez tout le temps.

— Toi, tu es toujours à bord, lâcha Tambolt. Essaie un peu de te balancer au bout d'une de ces foutues cordes, pour changer, et tu nous diras ce que tu en penses.

Le mécanicien haussa les épaules.

— A chacun son métier, M'sieur. Si tu crois que c'est facile de manœuvrer cet appareil, alors je te laisse la place. Il faut que je fasse attention aux vents de travers, aux cheminées, aux courants descendants et aux crêtes. Si je commets une erreur de calcul, vous tomberez, vous vous ferez traîner et vous vous casserez peut-être quelques os.

— Sekness, prépare un repas, un gros, dit Dumarest. Tambolt, Preleret, déchargez la chaloupe avec les autres.

— Ici ? (Tambolt fronça les sourcils.) Dans quel but, Earl ? Il nous faut faire passer tout ça de l'autre côté des montagnes, pas le laisser ici.

— Je vais examiner le terrain, annonça patiemment Dumarest. On risque d'avoir besoin de toute notre capacité d'emport. Ne perdons plus de temps à discuter. Je veux que ce soit fini avant la nuit.

Déchargée, la chaloupe se souleva facilement. Jasken la fit monter et la dirigea vers la barrière imposante, Dumarest à ses côtés étudiant le sol en dessous. Un défilé qui grimpait, relativement peu accidenté. Il se terminait en un cañon en cul-de-sac de roche coupée de profondes crevasses. Plus haut, c'étaient des falaises abruptes, des corniches qui ne conduisaient nulle part et des pans inclinés de caillasse. La pierre, dure, teintée de bleue à la lumière émeraude, était parsemée de rares buissons épineux et de plantes grimpantes couvertes de gratterons dangereux.

— Personne ne peut escalader ça, fit Jasken. Ni descendre, d'ailleurs. Je vais essayer plus loin.

C'était la même chose. De part et d'autre, la montagne dressait une barrière insurmontable pour des hommes à pied. Jasken jura lorsque l'appareil fut secoué et tomba avant de remonter après avoir raclé la pierre.

— Des thermiques, expliqua-t-il. On est trop près. Il y a des ascendants, des descendants et aussi des vents latéraux. Tu en as vu suffisamment, Earl ?

— On revient au camp et on recommence. Dirige-toi droit vers le sommet.

Il y avait une poche au tiers de la hauteur, bordée par la pierre et invisible d'en bas. L'intérieur était assez lisse, parsemé de petits rochers mais avec assez de place pour atterrir. Plus haut, il en existait une autre et le sommet était entièrement nu. Jasken grogna lorsque la chaloupe fit une embardée sous l'impact du vent.

— Tu veux que je passe de l'autre côté ?

— Non, fais demi-tour. S'il y a quelqu'un par là, je ne veux pas qu'il nous voie.

— Tu n'es pas sûr de la réception qui nous attend ?

— Exactement. Tu as bien repéré les lieux ou veux-tu y jeter encore un coup-d'œil ?

— Je sais où ils sont. Tu penses déménager la cargaison pièce par pièce ?

Dumarest branla du chef ; c'était la seule solution.

— On ne pourra pas transporter grand-chose à la fois. Un tiers de la charge avec un seul homme. Quatre voyages pour chaque étape.

Jasken écarta le véhicule de la montagne et le dirigea vers le camp.

— Pourquoi ne pas aller tout droit vers le sommet et ne plus en parler ?

Dumarest demanda sèchement :

— As-tu déjà rencontré des Melevganiens ?

— Non.

— Mais tu en as entendu parler ?

— Bien sûr, mais...

— Ça te plairait de rester en haut de cette montagne avec des marchandises de valeur alors que l'aide la plus proche se trouve en bas ?

— Non, répondit Jasken, songeur. Je pense que non. L'élément temps est important. Je n'y avais pas songé. C'est pour ça que tu ne voulais pas qu'on se fasse repérer ? Mais comment pourraient-ils escalader l'autre face de la montagne ?

— Je ne sais pas. Peut-être en seraient-ils incapables, mais Tambolt a dit qu'ils y ont des mines. Et il se pourrait qu'ils possèdent une chaloupe. Quand nous les rencontrerons, je veux avoir tous les avantages de mon côté.

Dumarest regarda vers le bas, droit devant lui. Le soleil se couchait, l'obscurité épaisse dissimulait les zones les plus basses, le feu de camp n'était plus qu'une tache éclatante face à la nuit. Trop brillant, attirant les regards indésirables. Si la nourriture était cuite, il faudrait l'éteindre.

— Pas de garde pour toi cette nuit, Jasken. Mange et dors autant que tu pourras. Demain, révise la chaloupe. Dès que le soleil aura réchauffé l'air, nous commencerons.

— C'est-à-dire aux environs de midi. Je ne peux pas travailler dans la nuit et il faudra un bon moment pour que le soleil réchauffe ces roches. Une température inégale entraîne des vents irréguliers et il nous faudra agir vite et bien. Disons deux heures avant midi. Avec un peu de chance, on aura emmené tous les hommes et les marchandises en haut en fin d'après-midi.

***

Dumarest partit avec la première cargaison et un tiers des marchandises, fronçant les sourcils lorsque la chaloupe cahota et réagit mollement aux commandes. A deux reprises, Jasken tenta d'atterrir, s'écartant au dernier moment comme un courant d'air ascendant déstabilisait l'appareil. La troisième fois, il le posa avec un halètement de soulagement. Il considéra ses mains tremblant sous la tension, puis essuya la sueur qui lui couvrait le visage et le cou.

— Dur, fit-il. Ça ira mieux désormais. Peut-être qu'on pourrait alléger la charge, faire cinq voyages au lieu de quatre.

— Essaie. Emmène avec toi un homme la prochaine fois, puis un autre encore la suivante. Puis ce qui restera d'objets et finalement les derniers hommes. (Il ajouta :) Assure-toi que cet homme est armé.

Tandis que la chaloupe redescendait, Dumarest examina prudemment le secteur. Les Melevganiens n'étaient pas loin. Si, par malheur, l'appareil venait à s'écraser, il ne lui restait plus qu'à essayer de fabriquer des marches à l'aide de la lance et des munitions qu'il avait désormais. Il n'aurait cependant que peu d'eau et pas du tout de nourriture. Et s'il venait à glisser, il tomberait et se retrouverait avec les jambes brisées ou les poumons perforés. Une simple cheville endommagée et ce serait la mort.

Il leva les yeux et contempla l'étendue de la montagne. Selon Tambolt ce n'était que l'une des montagnes de toute une chaîne qui encerclait Melevgan. Il devait bien y avoir un col quelque part, mais ils n'avaient pas le temps de le chercher. Seule une chaloupe pouvait la survoler et les commerçants n'abandonnaient pas leurs appareils.

Il s'assit sur un des ballot pour réfléchir et absorba de petites gouttes d'eau pour combattre la chaleur desséchante. L'anfractuosité était comme un four reflétant les rayons du soleil levant, accentuant la chaleur à chaque instant. A la mi-journée, ce serait devenu une vraie fournaise.

Jasken revint avec une deuxième cargaison, plus

réduite, plus facile à manipuler. Cette fois-ci, il atterrit du premier coup et lança à son passager :

— Débarque ça vite. Allez !

L'homme était celui qui s'était blessé à la cheville. Il portait une lance qu'il lâcha en se saisissant d'un ballot. Dumarest en prit un autre et Jasken un troisième. En l'espace de quelques minutes, la chaloupe fut vidée et s'élevait pour effectuer un nouveau voyage. Le nommé Altrane lança :

— La prochaine fois, apporte un peu de quoi manger. Et de l'eau. Compris ?

Dumarest ordonna :

— Empile tout ça. Et prends ta lance.

— Pourquoi ? (Altrane était maussade.) Il y a plein de place, ici ; à quoi bon des manipulations inutiles ?

— Obéis. Jasken a besoin du maximum de place. Et n'oublie pas ce que nous transportons. S'il atterrissait trop brutalement et s'abattait contre ces ballots, on n'aurait plus de soucis à se faire. On serait morts.

Il exagérait, mais cette menace produisit son effet. Quand Altrane eut fini d'empiler le dernier ballot, il se redressa, en sueur, s'humectant la lèvre inférieur.

— Tu as de l'eau ? Je suis complètement déshydraté.

Il prit le récipient que lui tendit Dumarest et but avidement, l'eau lui coulant sur le menton pour aller imbiber le sol.

— Merci.

— Et maintenant, ta lance.

— Tu ne peux pas penser à autre chose ?

Il la prit et la posa contre les marchandises, la pointe vers le haut, menaçante à la lumière.

— Qu'est-ce qui peut bien nous attaquer à cette altitude ? La végétation ? Les rochers ? Tu sais, Earl, parfois je pense que tu es un peu trop prudent. Ça a un nom, ça.

— Lequel ?

Altrane fronça les sourcils en se rappelant comment

il avait été traité lorsqu'il s'était blessé à la cheville. Elle avait guéri, certes, mais elle aurait pu empirer et ce n'était pas grâce à Dumarest que ça n'avait pas été le cas. Tambolt eût été plus compréhensif. Il s'entendait facilement avec Tambolt. Ils seraient déjà de retour s'il avait mené les opérations, avec la moitié des marchandises et des hommes, ayant réalisé de solides bénéfices. Et il n'aurait pas profité de sa position pour malmener un blessé.

— Lequel ? répéta Dumarest. Comment appelle-t-on quelqu'un qui se montre trop prudent ?

— Rien.

Il était facile de trouver des commentaires bien sentis si l'occasion s'en présentait, mais pas pour l'instant. Pour changer de sujet, Altrane demanda :

— Combien penses-tu qu'on puisse gagner ?

— Je vous ai dit ce que vous auriez. Un passage en Haut si nous trouvons suffisamment, moins autrement.

— Oui, mais supposons qu'on gagne beaucoup plus qu'un passage en Haut ? Tambolt disait qu'il y a des fortunes dans ces montagnes. Des pierres précieuses qu'il suffit de se baisser pour avoir. On pourrait vraiment toucher le gros lot. Et alors, à ce moment-là, Earl ?

— Rien. On a fait un marché.

— Tu veux dire que, quoi qu'on trouve, tu ne nous donneras que le prix d'un passage en Haut ? Merde, mon vieux, tu trouves ça juste ? Tambolt disait que...

— Tambolt parle trop, lâcha Dumarest. Comme toi. A quoi bon discuter de ce qu'on n'a pas encore trouvé ? Maintenant, silence. Les sons portent loin, dans la montagne.

— Et puis ? Qui peut nous entendre ? (Altrane était blême.) Ecoute. Il faut que ce soit clair. On partagera équitablement ou non ? Je...

— Ferme-la !

— Quoi ? Tu ne crois...

— Ferme ta gueule !

Dumarest se tendit, les oreilles aux aguets. Il entendit au-dessus d'eux un raclement sur la pierre. Le bruit se reproduisit, des cailloux roulèrent le long de la pente. Il escalada le mur et regarda dans la direction d'où provenait ce bruit. Il ne vit rien à part la roche bleutée, le vert scabrifolié de la végétation éparse. Un fragment qui avait cédé sous l'impact du changement de température, peut-être ? Une racine qui, en poussant, avait fait tomber des débris en produisant une minuscule avalanche ?

Il regarda vers le haut de la montagne, l'éclat solaire frappant ses yeux et les emplissant d'eau. Il cligna des yeux, surprit un soupçon de mouvement et entendit le cri incrédule d'Altrane.

— Grand Dieu ! Qu'est-ce que c'est que ça ?

Une créature cuirassée, longue de trois mètres, couverte d'écailles, griffue, la queue levée révélant un dard. Des pattes maigres qui raclaient le sol tandis qu'elle avançait, bleuâtre pour se fondre sur la roche. Une espèce de scorpion mutant qui avait senti l'eau et la nourriture.

Dumarest bondit en arrière comme la bête se dressait au-dessus du bord de l'anfractuosité, trébucha, roula sur le côté pour se relever quand la créature lui plongeait dessus. Il sauta en l'air, une pince se referma en dessous de sa botte, il atterrit sur le dos rond pour bondir à nouveau au moment où la queue frappait l'endroit qu'il venait de quitter. Elle lui frôla le flanc et il en sentit le contact à travers la tunique. Le plastique se déchira et un venin vert souilla les mailles du dessous.

— La lance, mon vieux ! hurla-t-il. Sers-toi de la lance !

Altrane était tapi derrière les ballots, tremblant, paralysé par la peur. Il hurla comme la créature touchait l'obstacle et se dressait au-dessus ; le cri se fit encore plus strident lorsqu'une pince claqua pour lui arracher de la chair sur le bras. Il courut, heurta Dumarest dans sa fuite folle, suivi d'une piste de sang tandis qu'il franchissait le bord du trou. La créature se retourna, la lance tomba, le manche pliant sous l'étreinte d'une pince. Dumarest l'évita, sauta de côté et se précipita parmi les ballots éparpillés. Le fusil gisait en dessous. S'il essayait de le récupérer, il serait mort avant d'avoir pu le dégager. Il sauta en haut des ballots, bondit par-dessus le dos écailleux et courut vers le côté opposé de l'anfractuosité, là où se tenait Altrane, en train de gémir, étreignant le bras blessé.

La créature se figea. Elle se dressait, presque impossible à distinguer de la pierre, les yeux pédonculés en train de chercher, la queue levée prête à frapper. Elle sentait ses proies et semblait pour l'instant ne pas décider dans quelle direction attaquer. Dumarest se tendit. Si la bête s'écartait des ballots, il pourrait se saisir de la lance ou du fusil. La lance, décida-t-il. Elle était dégagée et plus proche. Le manche était tordu et le lance-projectiles inutile, mais la lame et la pointe étaient encore intactes. Grâce à elle, il pourrait taillader les pattes, les yeux, estropiant et aveuglant la créature, ce qui lui donnerait le temps de récupérer le fusil avec lequel il la tuerait.

— Bouge-toi, Altrane ! Cours le long de la paroi.

— Non ! Je ne peux pas ! Il va m'attraper !

— Pas si tu fonces. Feinte, puis plonge de l'autre côté. Il faut que je récupère la lance. Les mains nues, on n'a pas la moindre chance de s'en tirer.

— Je ne peux pas, Earl ! Je ne peux pas !

Dumarest s'arrêta, fit apparaître son poignard et le lança en un geste souple. Il virevolta, toucha le dos écailleux juste derrière les yeux et retomba en tintant sur la pierre. La cuirasse était trop dure pour être pénétrée, comme s'en doutait Dumarest, mais l'impact mit la bête en branle. Elle fit volte-face, pinces et queue levées, et se précipita en avant tandis que Dumarest se jetait derrière les ballots. Il entendit le choc, le déchirement de la toile, et sentit un impact paralysant contre le pied. Le dard lui avait touché le talon. Il le retira rapidement avant qu'elle puisse frapper à nouveau et roula vers les autres ballots pour récupérer la lance. La lame traça un arc brillant en sifflant dans l'air, le bruit d'une hache qui heurte le bois, pour aller s'enfoncer dans l'articulation d'une pince.

Un ichor jaune jaillit autour de la lame et gicla lorsque Dumarest la retira. Une odeur fétide s'éleva du liquide.

— Le fusil, lança Dumarest. Prends-le. Tire. Vite !

Il n'eut pas le temps de voir si Altrane lui obéissait. La bête avait de nouveau plongé en avant, les pattes raclant le sol, à une vitesse incroyable. Dumarest recula, la lance attaquant les yeux, il passa sous une pince pour taillader les pattes, sauta par-dessus le dos tandis que la queue s'abattait vers lui, agissant par pur réflexe.

C'était un affrontement qui ne pouvait durer. Dumarest était déjà fatigué, son cœur battant follement, la sueur lui trempant le visage et les mains. S'il glissait, la créature l'attraperait, les pinces massives lui écrabouilleraient le corps, feraient pénétrer les côtes cassées dans ses poumons ou réduiraient ses intestins en bouillie. Un instant d'inattention et la queue descendrait comme une masse d'armes sur sa tête ou une épaule, cassant l'os d'un bras ou d'une jambe, le dard perçant la chair à nu ou pénétrant ses vêtements. Et elle était trop bien cuirassée pour être gravement blessée par la lance. Trop agile pour être estropiée et rendue impuissante.

Il coula un coup d'œil vers Altrane, toujours figé par la terreur, incapable de l'aider.

Les yeux, songea-t-il. Il n'y avait que les yeux.

Aveuglée, la créature serait un instant désorientée, ce qui lui permettrait d'atteindre le fusil.

Il leva la lance. Agrippant la crosse, il la tourna sans pouvoir viser parfaitement et la précipita vers les yeux pédonculés. Il faillit les rater. La lame heurta l'une des épaisses protusions, le manche toucha l'autre, mais trop bas. Blessée, la créature s'arrêta, recula un peu, les pinces tendues.

Dumarest attaqua encore.

Il sentit le raclement de chitine sur son dos quand il passa en courant sous une pince. La créature avait été un peu abasourdie, mais il entendit le bruit des pattes sur le sol lorsqu'elle se retourna et sentit l'air déplacé par le dard. Les ballots furent alors devant lui et il plongea par-dessus le plus proche, heurta le sol, roula pour projeter son poids contre celui qui reposait sur le fusil. Il se releva, le canon lâcha une flamme tandis que la créature se dressait au-dessus de lui.

Il vit les balles toucher leur but, crevant les yeux, la tête, la mâchoire ouverte. L'ichor jaune jaillit de la carapace perforée, écœurant par l'odeur, et une pince s'abattit, lui heurta le flanc, le projeta contre les ballots.

Il tira une nouvelle fois, visant d'instinct, vit la grosse pince éclater sous l'impact des projectiles. Un autre coup de tonnerre se joignit au sien : Preleret, debout sur la chaloupe, le visage blême, le fusil contre l'épaule.

— Earl ! lança-t-il. Earl !

La créature se tourna, lâchant un flot d'air en une parodie de hurlement. Mourante, elle s'agita dans l'anfractuosité, les ballots volant en tous sens, l'air sifflant sous les coups de dard. Dumarest entendit un cri, la détonation du fusil de Preleret, puis, après un laps de temps qui parut interminable, le silence.

Raide, il se releva. Son flanc était ankylosé et le sang lui coulait du nez et du coin de la bouche. Il considéra la forme encore agitée de tressauts, la chaloupe, la silhouette d'Altrane affalée sur le côté. Il avait la poitrine déchiquetée, la peau était boursouflée par le poison du dard qui lui avait ôté la vie.

— Grand Dieu ! (Jasken prit son souffle en frémissant.) Regardez-moi la taille de ce truc ! Ça va, Earl ?

Il était couvert d'ecchymoses, il avait mal à l'épaule et aux côtes, mais il n'avait rien de cassé et il survivrait. Altrane eût aussi survécu s'il avait eu le courage d'agir. Dumarest contempla le cadavre de l'homme, puis celui de la créature.

— Utilisez des cordes, soulevez-le et faites-le tomber un peu plus bas, bien en vue, ordonna Dumarest.

— En guise d'avertissement ?

— Comme appât pour les autres qui risquent de rôder dans le coin. Je ne veux plus de surprises comme ça. S'ils viennent chercher des proies faciles, ils trouveront l'un des leurs. On peut monter la garde, tirer si nécessaire, économiser nos munitions si possible.

— Et ce type ? Qu'en fait-on ?

— Même chose.

— Quand même..., fit lentement Jasken. Altrane n'était pas formidable, je l'admets. Je l'avais mal jugé. Un fauteur d'ennuis, et avide, qui plus est. Mais le larguer comme ça ? Pour servir de nourriture à des bêtes comme celle qui vous a attaqués ? Ça me semble un peu exagéré.

— Tu veux le ramener et le montrer aux autres ? (Dumarest haussa les épaules comme il ne répondait rien.) Il est mort. Il se fiche de ce qui peut lui arriver, désormais. Mais si les autres le voient, ils auront la frousse. On partage la charge. Tu en ramènes deux au prochain voyage. Ils pourront le voir quand ils seront ici, mais pas avant. Allez, maintenant ! Je veux avoir atteint le sommet avant la nuit !

CHAPITRE XI

Ils passèrent la nuit sur un plateau balayé par les vents, les hommes nerveux ne pouvant s'endormir étaient prêts à donner l'alarme au moindre bruit. Les ballots et la chaloupe constituaient un cercle protecteur par-dessus lequel ils contemplaient la nuit illuminée par les étoiles, devinant un danger dans la moindre ombre. A l'aube, ils descendirent dans la vallée, la moitié des hommes au premier voyage, les marchandises et Dumarest partant au dernier. Le soleil était éclatant lorsqu'ils quittèrent les contreforts et s'engagèrent en terrain cultivé. Des champs de céréales, des vergers aux buissons qui portaient une variété de fruits. Des hommes et des femmes travaillaient les champs, petits et basanés, levant les yeux à leur passage puis retournant à leur ouvrage.

— Des Hegelt, dit Tambolt. Certains devaient être ici quand les Melevganiens sont arrivés et les autres ont probablement été importés par la suite. Ils se reproduisent rapidement et font des ouvriers dociles.

Dumarest regarda devant lui. Ils tiraient désormais la chaloupe, car le moteur ne parvenait plus qu'à la soulever à quelques centimètres au-dessus du sol. Leur progression était lente, mais plus sûre, et il voulait donner l'impression que l'appareil était endommagé.

Précaution contre le vol et la confiscation. Pour les Melevganiens, une chaloupe en état de marche serait une véritable tentation. Endommagée, elle était moins précieuse.

Tambolt leva le bras :

— Là ! On voit la ville.

Elle était basse, allongée, assemblage au petit bonheur de bâtisses construites en une douzaine de styles. Des blocs sinistres soutenaient des courbes vertigineuses et des toits en pointe, des pagodes à gradins et des spirales complexes sans but apparent. La plupart possédaient de larges escaliers extérieurs, de vastes balcons et des galeries portés par de fines colonnes. Les fenêtres étaient barrées de fer forgé, de panneaux aux formes et couleurs diverses, larges vitres de cristal, œils-de-bœuf ronds, courbes et formes abstraites sans symétrie apparente. Sur les toits pointus, plats ou arrondis flottaient des flammes et des bannières voyantes, images de bêtes bizarres et constructions boursouflées rayées et mouchetées de mille couleurs.

Un parc de divertissements, songea Dumarest. Une collection de structures particulières coupées de fontaines qui projetaient dans les airs une pluie d'eau scintillante, de parterres de fleurs, de taches de gazon et de mobiles qui tournaient et tintinnabulaient doucement. Un jardin d'enfants... ou une ville construite par des gens aux lubies infantiles.

Une chaloupe s'éleva à leur approche et se dirigea vers eux pour se poser à quelques mètres. Elle contenait des hommes portant l'armure détestablement familière, équipés de lances qu'ils tinrent braquées sur le petit groupe tandis qu'il s'arrêtait. Un autre homme, sans cuirasse celui-là, sortit de la chaloupe et attendit.

Le comité de réception. Tambolt laissa tomber sa corde et prit Dumarest par le bras tandis qu'il s'avançait vers l'homme.

— Laisse-moi faire, Earl. N'oublie pas qu'ils sont

dingues. Une parole et ils te sautent à la gorge. Le même mot sur un ton différent à un moment différent et ils te donnent tout ce qu'ils possèdent. La logique ne fonctionne pas, ici. Pas la nôtre, en tout cas.

Dumarest ne répondit pas et regarda le Melevganien non cuirassé. Il était grand, mince, le visage couvert de minuscules taches de couleur. Ses cheveux étaient bruns, ramassés vers l'arrière par un bandeau orné de pierres précieuses. Il portait des chaussures et un pantalon souples, une large ceinture qui laissait apparaître le manche constellé de pierres précieuses d'un poignard, une veste courte ouverte sur le devant et révélant une poitrine peinte. Ses lèvres étaient charnues, sensuelles, ses dents cruellement pointues.

— Vous êtes en terre melevganienne. Vous êtes des étrangers.

— Des commerçants, fit doucement Tambolt. Des hommes venus vous apporter des objets qui vous intéresseront. Vous offrir nos services et bronzer au soleil de Melevgan.

— Qui ne pâlira jamais.

— Qui ne pâlira jamais, répéta Tambolt. Avons-nous votre permission de rester ?

— Et si elle vous est refusée ?

— Nous repartirons.

Dumarest vit le visage peint se contorsionner, les lèvres se serrer, et l'une des mains minces se lever vers le poignard.

Il déclara rapidement :

— Monseigneur, si nous vous avons offensé, nous implorons votre pardon. Le soleil des élus est brillant dans nos yeux et abêtit notre esprit. Bien entendu, nous ne pourrons partir sans votre auguste permission. En toute chose nous sommes vos serviteurs.

— Vous êtes poli.

L'homme se détendit, sa main quitta la taille, la voix aiguë, stridente, s'adoucissant quelque peu.

— Vous m'êtes agréables. Vous apportez des marchandises, dites-vous ?

— Quelques objets de peu de valeur... mais il se peut que vous les trouviez distrayants.

— Cela se pourrait.

— Si vous avez le désir de les voir, les ballots seront ouverts sur votre ordre.

— Plus tard. Les Gardiens de Melevgan ne s'inquiètent pas de ce genre de choses. Mais, plus tard, si la lubie m'en prend, je les inspecterai.

— Comme le voudra Monseigneur.

— Tu parles bien, fit l'homme, songeur. Et tu m'es agréable, comme je l'ai dit. Les élus sont généreux envers ceux qui leur rendent service. Allez donc à la maison qui porte l'image d'un pendu. Il vous sera donné de la nourriture.

— Monseigneur. (Dumarest salua.) Puis-je avoir l'honneur de connaître le nom de celui à qui je parle ?

— Tars Boras. Commandant des Gardiens et noble de Melevgan. Nous nous reverrons.

Tambolt lâcha son souffle comme l'homme retournait à sa chaloupe qui l'emporta.

— Tu as pris un risque, là, Earl, en lui demandant son nom comme ça. Il aurait pu nous tomber dessus.

— Il ne l'a pas fait.

— Mais ça aurait très bien pu se produire. Je t'avais dit de me laisser parler. Je sais les manipuler.

— Peut-être. (Jasken avait entendu leur conversation.) Mais j'ai eu l'impression qu'il allait exploser avant qu'Earl ait prit la parole. (Il fronça les sourcils en considérant la forme réduite de la chaloupe.) Sale porc arrogant ! J'ai déjà rencontré des types comme ça ! Ils s'imaginent posséder la galaxie parce qu'ils ont la richesse, le pouvoir et considèrent qu'autrui n'est rien moins que poussière. Enfin, peut-être que je pourrai lui donner une bonne leçon.

— Non, dit Dumarest.

— Comment ça, Earl ?

— Je ne veux pas que vous ayez des pensées comme ça. On veut quelque chose de ces gens. S'il faut qu'on avale des couleuvres, on le fera. Maintenant, allons trouver la maison du pendu.

Elle se trouvait au milieu de la ville, cône trapu doté d'un escalier montant en spirale à l'extérieur vers une cime pointue sur laquelle se dressait un échafaud et la silhouette d'un pendu. Un large portail laissa passer la chaloupe et un escalier intérieur montait vers une salle en demi-cercle aux arcs-en-ciel peints par la lumière traversant les vitraux. D'autres salles donnaient sur la première, contenant des bains et des couches molles, et dans l'une d'elles on préparait de la viande. Des femmes hegelt les servirent, silencieuses sur leurs pieds nus, informes sous les robes d'un gris indéfini.

— Pour ceux qui ne sont pas au courant, fit Tambolt, je vous donne un petit avertissement. Ne vous occupez pas de ces femmes. Elles sont à part et les Melevganiens ne veulent rien avoir à faire avec elles. Les hommes ne s'accouplent pas avec les animaux et à leurs yeux les Hegelt ne sont pas davantage. Si vous les touchez, vous vous abaisserez et nous avec. Je veux sortir d'ici en vie et riche, mais surtout en vie. Compris ?

Preleret répondit :

— Je ne m'intéresse pas à ces filles. J'ai une femme à Sargone. Il n'y a que l'argent qui m'intéresse.

— Et il y en a à profusion, dit l'un des autres. Vous avez vu le nombre de bijoux que portait ce type ? Combien penses-tu que vaille ce qu'on a apporté, Tambolt ? On pourra peut-être faire monter les prix ?

Quelle rapacité ! songea Dumarest ; mais c'était une émotion qu'il pouvait utiliser. Qu'il *avait* utilisée. Il écarta son assiette et quitta la table. Dans la grande salle en demi-cercle, il s'approcha de l'une des fenêtres et essaya de regarder à l'extérieur. Par accident ou volontairement, les imperfections du cristal déformaient la vision. Tous les commerçants qui arrivaient à Melevgan étaient-ils placés dans cette maison pour attendre le bon plaisir des élus ? Etait-ce là un moyen de les empêcher d'apprendre trop de choses ?

Il demanda à l'une des femmes hegelt :

— Avons-nous la permission de sortir ?

— Maître ?

— Pouvons-nous aller à l'extérieur ?

— Il se trouve des Gardiens en bas, Maître. Il serait mal avisé de tenter de franchir leur barrage.

Prisonniers, donc, ou invités qui ne devaient pas bouger. Dumarest contrôla l'une des fenêtres en se rappelant l'escalier en spirale à l'extérieur. Les gardes devaient se trouver à l'intérieur de la bâtisse pour surveiller la chaloupe et le portail. Ou bien ils se tenaient devant les larges portes. S'il pouvait atteindre l'escalier extérieur, il lui serait possible de partir discrètement.

La fenêtre semblait bloquée. Il passa à une autre, suivi par les pas légers de la fille.

— Maître, pourquoi veux-tu sortir ?

Pour s'informer. Pour poser des questions. Pour arriver à découvrir si le petit garçon était en ville. Peut-être Tars Boras le lui apprendrait-il, mais il en doutait. L'homme était trop prêt à mettre la main au poignard, trop susceptible. Le questionner au sujet de Jondelle ne pouvait que le mettre en rage. Une rage d'autant plus intense s'il avait eu un rapport avec l'incursion.

Une troisième fenêtre résista à ses tentatives. La femme annonça :

— En haut, Maître. Si tu veux voir dehors. Il y a une fenêtre qui s'ouvre.

Elle était située dans une petite pièce qui sentait le remugle. Un tas de vêtements dans un coin, déchirés, souillés de ce qui pouvait être des taches de sang. Dumarest songea à la figurine du pendu au-dessus de lui. Un homme véritable, peut-être ? Tué en un soudain accès de rage et pendu par la suite ? Recouvert d'un agent conservateur pour fournir une décoration macabre ?

La fenêtre s'ouvrit dans un craquement, une rafale d'air froid balaya les odeurs de la pièce. Une corniche étroite donnait sur le vide. Dumarest se pencha et aperçut la limite supérieure de l'escalier en spirale en dessous de lui. Il était à deux mètres de la fenêtre, bande étroite d'un mètre de large qui s'enroulait autour de la bâtisse. Comme un toboggan, songea-t-il.

Au-dessus de lui, l'échafaud grinça un peu sous le vent. Il leva les yeux et vit le visage grimaçant sous la pellicule de plastique transparent. Un visage sans peinture, les dents normales, la peau cuivrée, les cheveux parcourus de mèches blondes. Un étranger qui avait dit ce qu'il ne fallait pas au mauvais moment et qui en avait payé le prix.

La potence grinça encore comme Dumarest passait par-dessus l'appui de la fenêtre et restait un instant suspendu par les mains avant de se laisser tomber sur l'escalier.

Il était huileux et ne possédait pas de main courante.

Il sentit ses bottes glisser et tendit les bras en tombant. Il risquait de passer par-dessus le rebord pour atterrir une trentaine de mètres plus bas. Il serra les dents et ses mains agrippèrent la pierre graisseuse ; les muscles des bras et des épaules craquèrent sous la pression. Il vit le rebord approcher dangereusement. Il poussa la tête en avant et sentit la pierre sous sa mâchoire. Un nouvel effort et il eut le coude sur le bord d'une marche. Encore un et ce fut un genou. Il hissa lentement son corps sur l'escalier et se colla contre le mur de la bâtisse. Il glissa un peu et stoppa le mouvement avec le talon. Il se leva précautionneusement et descendit lentement comme s'il marchait sur des œufs.

A trois mètres au-dessus du sol, il sauta et atterrit

dans un parterre de fleurs. Il se releva pour essuyer la terre de ses vêtements avant de s'aventurer dans la ville.

Elle lui rappelait Sargone, avec ses rues toutes en tournants et méandres au petit bonheur. Mais, alors que Sargone avait été construite pour protéger les voleurs, celle-ci ne devait son irrégularité qu'à des architectes déments et une imagination déformée. Les rues exécutaient des spirales absurdes, coupées de ruelles en zigzags de largeur variable, des voies diverses qui se terminaient contre des murs. Partout, les Hegelt balayaient, époussetaient et s'inclinaient devant les Melevganiens qui passaient à grands pas arrogants, dans des litières ou de minuscules véhicules qui flottaient au pas à trente centimètres à peine au-dessus du sol.

Les vêtements qu'ils portaient étaient assortis aux bâtiments par leur variété de styles et de couleurs. Certains avaient le visage peint et les cheveux retenus par des bandeaux pleins de bijoux ; d'autres avaient des robes banales et des crinières entremêlées, le visage pâle, introspectif ; certains arboraient de larges sourires goguenards ; d'autres se renfrognaient dans une rage mystérieuse. Un kaléidoscope de costumes et d'expressions, mais tous possédaient la taille élevée, la pâleur pisseuse, la morgue qui étaient la marque de leur race.

Dumarest sentit un attouchement et se retourna pour aviser un homme debout devant lui. Il était rayé de rouge et de noir, un chiffon autour de la taille, une coiffure compliquée de plumes, de pierres précieuses et de rubans flottant au vent sur le crâne rasé. Il tendait les mains devant lui au hasard, mais il n'était pas aveugle.

— Il y a quelque chose devant moi, se lamenta-t-il. Une solidification de l'air, car mes théories ne peuvent être erronées. Rien ne peut exister si je ne lui donne la permission de prendre substance. Ce que je touche ne peut donc être qu'illusion. Je vais faire appel à mes pouvoirs mentaux et le dissoudre, le renvoyer au chaos d'où il provient. La pureté de mon esprit ne doit pas être contaminée par des phénomènes irréels. Disparais !

Dumarest s'écarta et l'homme passa, la bouche tordue par un sentiment de triomphe.

— Voici donc une nouvelle preuve de la supériorité de mon esprit. L'univers n'existe que par ma seule volonté. Les ténèbres et le chaos surgissent lorsque je referme les yeux. Toute chose est créée par la concentration de mes pensées. En vérité, je suis un dieu authentique !

Un fou, mais d'autres n'étaient pas aussi déments. Il sentit l'impact d'un regard et avisa un couple de Melevganiens qui l'observaient. Ils étaient jeunes, le visage peint, des aspirants Gardiens, peut-être, ou bien apparentés à ceux qui avaient attaqué la ferme. Le genre guerriers amoureux du combat. Danger !

S'enfuir équivaudrait à se trahir. Il marcha droit sur eux et parla d'une voix aiguë.

— Vous allez m'indiquer le chemin de la Maison du Contrôle. Immédiatement !

Il avait la peau blanche, les cheveux noirs et l'allure autoritaire d'un homme né pour commander. Il en avait la taille et en avait adopté la morgue. Ses vêtements étaient ce que n'importe lequel d'entre eux aurait pu décider de porter. Et il avait attaqué selon les habitudes de leur culture.

— Vite ! (Sa main se posa sur son poignard, le tira, et l'acier étincela.) Guidez-moi !

L'un des deux hommes prit son souffle.

— Il n'existe pas d'endroit semblable.

— Si. Il doit y en avoir un. Je dis qu'il existe, donc il existe. Vite, allez. Guidez-moi, sinon vous allez payer pour votre irrévérence !

Il leva son arme qui alla découper le tissu de la tunique du plus proche, révélant la chair.

— Vous ! (La pointe fila vers l'autre homme.) Vous souriez ! Je vous ai vu sourire !

— Non ! Vous vous trompez ! Je...

L'homme bondit en arrière lorsque la pointe du poignard de Dumarest siffla dans l'air. Le coup était volontairement trop court, mais il ne pouvait le savoir. Il ne pouvait pas davantage savoir que la voix perçante n'était que façade.

— Vous osez me défier ? Vous voulez vous battre ? Très bien. A mort, donc. Combat à mort !

Ils s'enfuirent au pas de course, déments respectant la folie, à moins qu'ils ne fussent plus sains d'esprit qu'ils ne le paraissaient. Ils avaient vu ses yeux, leur détermination. Et s'ils avaient tenu bon, il aurait combattu et les aurait tués.

— Quel sang-froid, Monsieur. Vous espérez que cela suffira ? fit une voix.

Dumarest fit volte-face, le poignard retombant lorsqu'il vit qui venait de parler. Elle était allongée sur une litière portée par quatre Hegelt en kilt et tunique rouge. Ils paraissaient totalement indifférents à ce qui se passait autour d'eux.

— Rangez ce poignard, Earl. Vous n'en aurez pas besoin.

— Vous me connaissez ?

— J'ai entendu parler de vous, le corrigea-t-elle. Je sais que vous n'auriez pas dû quitter la maison et je sais que ces deux débiles que vous venez d'effrayer ne tarderont pas à revenir vous causer des ennuis. Vous pourriez probablement leur régler leur compte, mais ils auront des amis. Si vous ne voulez pas vous retrouver étripé et accroché à un épieu, mieux vaut entrer avec moi.

La litière était dotée d'un toit de tapisserie soutenu à chaque angle par une mince colonne, les rideaux étant tirés et retenus par des cordelettes écarlates. Le véhicule s'abaissa un peu lorsque Dumarest allongea son corps sur les coussins, puis remonta comme la génératrice antigravifique compensait le poids supplémentaire. Les Hegelt n'avaient pas à porter ce fardeau, mais uniquement à le tirer et en diriger la progression.

— A la maison, ordonna la femme et, comme ils commençaient à trottiner, elle tira sur les cordelettes pour rabattre les rideaux. (Elle se rallongea et dit :) Earl Dumarest. Joli nom. Il me plaît. Bienvenu à Melevgan, Earl... mais pourquoi diable avez-vous mis si longtemps ?

CHAPITRE XII

Elle était longiligne, mince, avec une maturité qui enveloppait ses os de telle sorte que la courbe de la cuisse et du mollet était assortie au renflement des hanches et des seins. Elle portait une large ceinture de cuir écarlate incrustée de pierres précieuses, un pantalon en tissu diaphane, d'un jaune pastel, serré à la cheville et fendu pour révéler la chair. Elle avait le torse nu en dehors d'un petit boléro. Ses seins hauts et fiers manifestaient leur douce rondeur. Sa peau était d'un cuivre doré parcouru de courbes de bleu vif. Elle avait les yeux maquillés, les paupières supérieures portant des fragments scintillants, les sourcils fins en forme d'arc bandé. Les cheveux qui lui tombaient librement sur les épaules étaient cuivrés et parcourus de mèches blondes, saupoudrés d'étincelles assorties aux yeux.

Dumarest la regarda sourire, les lèvres charnues révélant des dents larges et blanches. Il songea au pendu. Etait-elle de la même race ? Elle n'était assurément pas melevganienne.

Prudent, il demanda :

— Vous m'attendiez ?

— Vous ou quelqu'un comme vous. Est-ce que...

(Elle s'interrompit, son regard se fit prudent.) Je m'appelle Neema. Ce nom ne vous dit rien ?

— Non.

— Alors... (Elle s'interrompit de nouveau, haussa les épaules, et ses seins se soulevèrent sous le boléro.) Coïncidence ; cela arrive. Disons que j'attendais quelqu'un. Je me suis imaginé que c'était vous. Ce qui n'est apparemment pas le cas. Qu'est-ce qui vous a donc conduit à Melevgan ?

— Vous le savez. Si vous connaissez mon nom, vous devez également savoir pour quelle raison je suis ici.

— Pour commercer... c'est du moins ce que m'a dit votre associé. Je suis allée à la maison. Comme je n'ai pu vous trouver, je suis venue vous chercher. Heureusement pour vous. Combien de temps pensiez-vous pouvoir ainsi vous promener tout seul en ville ?

Ils étaient allongés côte à côte dans la douce lumière écarlate de la litière et il avait la tête légèrement au-dessus de la jeune femme, de telle sorte qu'il distinguait le triangle franc de sa mâchoire. Son sourire lui rappelait celui d'un chat. Son parfum celui d'un champ de fleurs par un jour d'été étouffant.

— Vous êtes un homme fort, Earl, et dans n'importe quelle ville vous n'auriez aucun mal à vous débrouiller. Mais ceci n'est pas une ville normale. Les Melevganiens sont fous ; vous ne le saviez pas ? Ils n'aiment pas les étrangers. Vous vous en êtes peut-être sorti avec les deux de tout à l'heure, mais il y en aurait eu d'autres, et l'un d'eux vous aurait reconnu pour ce que vous êtes. Une chasse à l'homme se serait déclenchée et vous en auriez été la proie. Avez-vous jamais été pourchassé par une foule en furie ? Ce n'est pas agréable. J'ai déjà vu ça et je ne veux plus jamais y assister. Le bruit... on dirait une meute de chiens. L'hallali... ça leur plaît d'entendre un homme hurler.

Et ensuite ils doivent le prendre et le pendre en haut d'un bâtiment en guise d'ornement. Pourtant cette femme était une étrangère. Il le lui fit remarquer et elle haussa les épaules.

— On me tolère. On m'accepte, même. Je suis arrivée ici il y a cinq ans et j'ai eu la chance de soigner l'un des nobles. Il était en état de choc psychique et il était fou furieux. Il fallait soit le tuer, soit l'apaiser. J'avais quelques drogues et je suis arrivée à m'approcher suffisamment pour lui en injecter. Lorsqu'il a repris ses esprits, il m'a donné une maison, des serviteurs, la liberté de la ville. On me tolère depuis lors. L'homme qui m'accompagnait n'a pas eu autant de chance.

— Vous êtes médecin ?

— J'ai une formation de psychiatre. Je savais quelles étaient les conditions de vie en ce lieu et je m'y étais préparée. Deux années dans un asile à apprendre à traiter les déments, à étudier la nuit, à économiser le moindre sou pour acquérir l'équipement nécessaire... (Elle s'interrompit, puis ajouta d'une voix égale :) Nous aurions dû rester à Urmile.

— Votre patrie ?

— Oui. Une petite ville tranquille aux familles bien établies et à la culture stagnante. J'ai roulé ma bosse... Frome, Ikinold, Sargone... et je crois que je ne tenais pas en place. Avec de l'argent, on peut voyager dans toute la galaxie ; sans cela, on passe sa vie dans un piège. Je suis donc rentrée chez moi et j'ai travaillé pour toucher le gros lot. Melevgan est riche. Si l'on peut survivre ici, c'est du tout cuit.

L'avidité, la force la plus puissante de tout l'univers, la pulsion qui amenait les hommes à risquer jusqu'à leur vie. Dumarest considéra la femme et distingua les fines rides qui se frayaient un chemin sous la peinture et le maquillage. Elle lui avait paru jeune mais mûre ; il savait désormais qu'elle était plus âgée qu'il ne l'avait cru.

— Et ça vous plaît, ici ?

— De vivre parmi ce tas de dingos ? Vous me prenez pour qui ? (Elle eut un petit rire dépourvu de toute bonne humeur.) Vous n'avez pas la moindre idée de ce que cela peut représenter. On me tolère, bien sûr, mais à tout moment l'un de ces toqués peinturlurés risque de décider de venir voir à quoi je ressemble à l'intérieur. A chaque instant de chaque jour je vis en équilibre au bord d'un volcan. Il me faut les flatter, les guider, avaler des couleuvres et faire du boniment. Sans certains membres de la noblesse qui sont un peu plus stables que les autres, je ne pourrais y arriver. Ils sont dingues selon nos critères, mais sains d'esprit par rapport aux autres. Et j'ai des moyens de défense.

Elle leva la main gauche et Dumarest aperçut le lourd bracelet, le mince tube qui s'étendait à partir d'un réseau minuscule réparti sur le dos de sa main.

— Un pistolet à aiguilles. J'en porte une paire. Si l'un des Melevganiens s'emporte un peu trop, je l'endors. Un jour, je le raterai, ou bien les armes ne fonctionneront pas, ou encore il y en aura trop. Ce n'est qu'une question de temps.

Elle se leva comme la litière ralentissait, puis écarta les rideaux quand elle s'arrêta. La rue était barrée par une masse humaine, devant eux. De la foule s'élevait une lamentation aiguë et Dumarest sentit ses nerfs se hérisser, comme s'il entendait le grincement d'un ongle sur une ardoise.

— Langed ! Qu'est-ce qui se passe ?

Le Hegelt à tribord avant parla sans même tourner la tête.

— Le chemin est barré, Maîtresse.

— Alors, demi-tour. Revenez sur vos pas et trouvez un autre chemin. Vite !

Elle laissa retomber les rideaux quand la litière commença à tourner. Elle avait le visage tendu, inquiet.

— Les idiots ! ragea-t-elle. Quels imbéciles ignorants et idiots !

— Les Hegelt ?

— Oui. (Elle saisit la main de Dumarest comme il allait écarter le rideau.) Ne regardez pas. Il ne faut pas qu'on vous voie. Une foule comme ça, c'est signe d'ennuis. L'hystérie collective croît et explose par vagues de violence... et ces sacrés idiots se dirigeaient droit dessus.

Il regarda la main qui étreignait la sienne. Elle tremblait. Dumarest dégagea doucement ses doigts.

— Pourquoi ? Pour quelle raison feraient-ils cela ?

— Les Hegelt ? Qui sait ? Ce pourrait très bien être eux qui y laissent leur peau, mais ils semblent s'en ficher. A moins qu'ils n'aient voulu me mettre en danger. (Elle se rembrunit, soudain enlaidie.) Ils ne m'aiment pas. Personne ne m'aime dans toute la ville. Ils sont jaloux de ce que j'ai et de ce que je suis. Earl ! Je...

Elle éclata brutalement en larmes, les mains accrochées aux épaules de Dumarest, les ongles s'enfonçant dans le plastique de sa tunique. Il la tint contre lui, apaisant, le visage impassible tandis qu'il regardait pardessus le miroitement flamboyant de sa chevelure. Une femme qui possédait davantage de cupidité que de bon sens, ou que la cupidité avait conduite dans un piège. Contaminée par la folie au milieu de laquelle elle vivait, la logique déformée de ceux qui l'entouraient gauchissant ses propres processus mentaux, érodant les barrages émotionnels habituels d'un esprit normal, lui donnant un complexe paranoïde.

A moins que ce ne fût une femme extrêmement apeurée qui avait de bonnes raisons d'être terrifiée et qui avait succombé à l'émotion quand elle n'avait plus été capable de la contenir.

Dumarest leva la voix et lança :

— Langed ! Prenez le chemin le plus court pour

revenir chez elle. Si vous apercevez un attroupement, évitez-le.

— Oui, Maître.

— Et en vitesse !

Neema avait recouvré son sang-froid lorsqu'ils arrivèrent à une bâtisse en dôme rayée de spirales rouges, jaunes et bleu vif. Dumarest la suivit à l'intérieur jusqu'à une petite pièce très féminine, où une lumière nacrée franchissait les fenêtres de perle miroitante. Un Melevganien l'y attendait, très grand, le visage comme un cauchemar psychédélique. Sa robe était d'un orange terne et descendait de ses épaules jusqu'au sol en une ligne parfaite.

— J'apprends que les marchandises qu'ont apportées les négociants ont été achetées par vous, dit-il sèchement.

Neema s'inclina et sa voix se fit suave.

— Cela est vrai, Monseigneur.

— Je les veux.

— Elles vous appartiennent donc, Monseigneur.

— Et si je décide de ne les point payer ?

— Elles vous appartiennent, Monseigneur, répéta-t-elle. C'est pour moi un honneur que de servir les élus.

— Tu parles bien, Neema. Il me plaît de les prendre. Les Gardiens ont besoin des projectiles que contiennent les ballots pour la protection de la ville et ta propre protection, donc. Il y a aussi d'autres objets de valeur. Notre équipement minier manque d'efficience, mais il est possible d'y remédier. Tu as bien travaillé.

— Tes paroles sont magnanimes, Monseigneur, répondit Neema. Puis-je être assez hardie pour m'enquérir de ton fils ?

— Il va bien.

— Et son sommeil ?

— Il ne réveille plus la maison par ses cris. Tes potions ont fait merveille. Tu en enverras davantage chez moi avant la nuit.

Le grand personnage jeta un sac au sol. Il tomba sur le tapis avec un tintement de pierre.

— Pour les potions.

— Tu es on ne peut plus généreux, Monseigneur.

— Il me plaît de l'être. Salutations !

Dumarest se pencha et prit le sac au moment où l'homme partait. Les yeux dans le visage peint ne l'avaient pas une seule fois regardé ; pour le Melevganien, il n'existait pas, tout simplement. Il ouvrit le pochon et examina la masse de gemmes. Le remboursement de ses frais ; un passage en Haut pour chacun des hommes qui l'avaient accompagné ; et bien davantage. Mais il manquait dans ce sac la seule chose qu'il lui fallait.

Il dit tranquillement à Neema :

— Vous avez sauté les étapes. Ce n'était pas à vous de vendre les marchandises.

— Non ? (Elle affronta son regard.) Réfléchissez bien, Earl. Votre associé me les a vendues pour la moitié de ce que vous avez entre les mains.

Tambolt était impatient de gagner gros et de filer vite. C'était bien de lui d'agir sans réfléchir, et pourtant il ne devait pas être assez naïf pour avoir accepté la première offre venue. Dumarest retint les pierres précieuses comme elle tendait la main pour les récupérer.

— Vous avez un écrit ?

— Ne faites pas l'idiot. Bien sûr que non. (Elle poussa un soupir devant son expression.) J'ai travaillé à la commission. Cinquante pour cent de ce que je pourrais obtenir. Je connais le marché, pas vous. Je sais où trouver de l'argent, pas vous. Vous avez entendu Tars Qualelle. Il a pris les marchandises et aurait pu vous tuer si vous aviez protesté. Il a fallu que je le coince. Cet argent est pour les médicaments que je lui fournis pour calmer la nuit son fils demeuré. C'est la seule façon de faire des affaires à Melevgan. J'ai cinq ans d'expérience. Vous ne pensez pas que je mérite une commission ?

— Cinquante pour cent ?

— Vingt-cinq, alors. Mince, Earl, qu'est-ce qu'il y a ? L'argent ne vous suffit pas ?

— Je voulais davantage que de l'argent. Je voulais des renseignements.

Il lui parla alors de l'enfant et de la raison pour laquelle il était venu à Melevgan. Elle prit dans un buffet du vin et deux verres qu'elle remplit. Elle affronta son regard d'un œil franc, voire calculateur, tandis qu'elle sirotait.

— Ce gamin... Jondelle..., a-t-il une quelconque valeur pour vous ?

— En termes d'argent ? Non.

— Pourquoi vous souciez-vous donc de lui ? Non, ajouta-t-elle avant qu'il ait pu répondre. Ne vous donnez pas la peine de me le dire. Si vous ne voulez pas en tirer de l'argent, ce ne peut être que parce que vous l'aimez bien. Vous avez fait une promesse et vous voulez la tenir. Ce n'est que justice. Mais il n'est pas à Melevgan.

— En êtes-vous sûre ?

— J'en suis sûre. (Elle sirota encore son vin.) Que puis-je avoir si je vous aide ?

Dumarest souleva le sac de pierres qui émirent un claquement sec.

— Non. Il ne s'agit pas d'argent. J'ai besoin d'aide. Si je vous aide, m'aiderez-vous en retour ?

— Si je le peux.

— Vous êtes prudent. Cela me plaît. Vous ne promettez pas ce que vous ne pouvez donner, mais une fois votre parole donnée, vous la tenez. Je vais vous dire ce que je veux. Je veux foutre le camp d'ici. De Melevgan, loin de tous ces dingos qui m'entourent. Je veux pouvoir croiser un homme sans me demander s'il ne va pas me poignarder. Pouvoir inviter des amis à dîner, me promener sans armes, regarder un homme dans les yeux et lui dire ce que je pense au lieu d'avoir à ramper et avaler des couleuvres. Je veux m'évader.

Elle marqua une pause, haletante, ses seins proéminents sous le boléro. Elle considéra le verre à pied dans sa main et en engloutit brutalement le contenu avant de le remplir à nouveau.

— Je veux m'évader, répéta-t-elle. Grand Dieu, Earl ! Vous ne pouvez pas savoir à quel point je veux m'échapper.

— Prenez une chaloupe et partez, lui conseilla Dumarest d'une voix égale. C'est d'une simplicité enfantine.

— Vous pensez ? (Son haussement d'épaules fut éloquent.) Les seules chaloupes suffisamment puissantes pour franchir les montagnes sont détenues par les Gardiens. Quant aux autres, ce ne sont que des jouets aptes seulement à dériver. On ne peut les adapter. La seule chaloupe disponible est celle avec laquelle vous êtes venus. Il faut que vous me protégiez.

— La chaloupe est endommagée, mentit Dumarest. Le moteur a cassé durant la descente.

— Vous êtes alors dans de vilains draps. (Elle vida encore son verre.) On ne peut escalader les montagnes et les Gardiens ne vous aideront pas à les franchir. Réparez-la, sinon vous passerez ici le reste de votre vie. Une vie qui ne sera pas très longue, ajouta-t-elle. Ni facile. On tolère les commerçants dans une certaine mesure parce que les Melevganiens ont besoin de ce qu'ils leur apportent. Mais ils n'ont aucune patience. Mettez-vous en branle le plus vite possible, sinon vous ne bougerez pas du tout. Vous serez bien trop occupés à essayer de transpirer et de respirer. Est-ce que la chaloupe est réparable ?

Dumarest ne se prononça pas.

— Peut-être.

— Je suis riche, dit Neema. Il y a cinq ans que je suis

ici et je n'ai pas perdu mon temps. Ramenez-moi à Sargone, Earl, et je doublerai ce que vous avez entre les mains. Affaire conclue ?

— Si je peux vous faire sortir d'ici, je le ferai.

— J'ai votre parole ?

Elle sourit lorsqu'il opina du bonnet, se détendit et se servit un nouveau verre de vin.

— Peut-être pourrai-je donc dormir, ce soir. (Elle lui adressa un regard provocateur.) Earl ?

— Le petit, fit-il. Dites-moi tout ce que vous savez de lui.

— De lui, rien. Des hommes qui l'ont enlevé, guère plus. Quatre d'entre eux sont arrivés ici il y a peu de temps, environ deux jours avant celui où vous dites qu'il a été kidnappé. Ils avaient une chaloupe et quelques marchandises et ont commercé avec profit. L'un d'eux était très grand. Euluch. Heeg Euluch. C'est le nom que j'ai entendu l'un d'eux lui donner. Il a rassemblé quelques aspirants au Gardiennat excités et ils sont partis. C'est tout ce que je sais.

Dumarest considéra le sac. Il le laissa tomber et franchit en une fraction de seconde l'espace qui le séparait de la femme et la saisit aux épaules.

— Ça ne suffit pas, femme ! Dites-m'en davantage !

Elle grimaça et tira sur ses poignets.

— Earl ! Vous me faites mal !

— Parlez, nom de Dieu !

Leurs regards s'affrontèrent, puis, rapidement, il écarta les tubes pointés sur son visage.

— Utilisez ceci contre moi et je vous casse les deux bras. Vous voulez partir d'ici, Neema ? Très bien, je vous emmène. Mais d'abord il faut que vous me disiez ce que je veux savoir. Où se trouve Jondelle ?

— L'enfant ? Je l'ignore.

— Mais les hommes qui l'ont enlevé. Vous en savez davantage que vous ne l'admettez. D'où étaient-ils venus ? A quoi ressemblaient-ils ?

— A des hommes, dit-elle maussadement. Euluch était un géant, les autres normaux. Ils avaient la peau jaune.

— Des Charniens ?

— Cela se peut. Il en est de semblables dans la Vallée, mais les gens circulent, Earl. Ils pouvaient venir de n'importe quelle partie d'Ourelle.

D'Ourelle ou d'ailleurs, songea-t-il lugubrement. Mais croire cela ne faisait qu'accroître la difficulté de la situation. Il lui fallait présumer que le jeune garçon était toujours sur la planète et que ceux qui s'étaient emparés de lui en étaient originaires.

— Ceux qui ont accompagné Euluch, dit-il. Les Melevganiens. L'un s'appelait Tars Krandle. Se pourrait-il qu'il soit un parent de Tars Boras ou de l'autre, Tars Qualelle ? Tars est-il un nom de famille ?

— Oui. Mais c'est également un titre. Quelque chose du genre « champion » ou « défenseur ». Tous les Gardiens s'appellent Tars quelque chose, mais le lien de parenté est tellement réduit qu'il ne compte plus. C'est l'endogamie, expliqua-t-elle. Le fils prend le titre de sa mère, le mari celui de sa femme. Environ un quart de la population est de la famille Tars et tous sont Gardiens. Nous avons ensuite les Yelm ; ils se concentrent sur l'agriculture et la distribution des aliments. Il y a aussi les Aruk ; ceux-ci...

— Peu importe. (Dumarest n'était pas d'humeur à entendre une conférence sur la culture melevganienne.) Quelqu'un se soucierait-il de leur mort ?

— Non. Pas maintenant. La mémoire courte, expliqua-t-elle. Et ce qui arrive à un Melevganien adulte est égal à tous les autres.

— Un étranger est donc arrivé ici dans une chaloupe et a commercé, fit lentement Dumarest. Puis il a demandé quelques volontaires pour l'aider à enlever un enfant. Il a offert de l'argent et une nuit de rigolade s'ils acceptaient. Mais comment pouvaient-ils se fier à lui ?

Il aurait pu être négrier ou quelqu'un qui cherchait des spécimens pour un zoo. Comment être sûrs qu'il les ramènerait une fois le travail réalisé ? Un homme prêt à kidnapper un enfant peut très bien ne pas hésiter à se débarrasser de ses hommes de main. Les Melevganiens sont peut-être dingues, mais ils ne sont pas totalement idiots. Ils avaient dû exiger des garanties quelconques. Lesquelles, Neema ? Comment s'y sont-ils pris ?

Elle se versa une nouvelle fois à boire et contempla songeusement son verre.

— Neema ?

— Vous êtes intraitable, Earl. Intraitable et habile. Je ne voulais pas vous dire cela, parce que... mais peu importe. Vous ne vous arrêterez pas tant que vous n'aurez pas votre réponse. Quatre hommes sont arrivés à bord de la chaloupe. J'ai fait à Euluch les mêmes propositions qu'à vous, mais il n'a rien voulu entendre. Il m'a dit qu'il n'avait rien à faire d'une pauvre femme comme moi. Maintenant, je sais ce qu'il avait en tête.

Dumarest demanda paisiblement :

— Et ?

— Quatre hommes sont arrivés avec la chaloupe, mais deux seulement sont partis avec les Melevganiens. Les autres sont restés en otage.

Neema leva son verre et le vida. Puis elle le posa, ses lèvres charnues luisantes d'humidité.

— Ils sont toujours ici. Enchaînés et travaillant dans les mines. Transpirant jusqu'à la mort comme vous le ferez... à moins que vous ne puissiez réparer votre chaloupe.

CHAPITRE XIII

Jasken déclara :

— Ça ne me plaît pas, Earl. Ça ne me plaît pas du tout.

Il se tourna et regarda d'où ils étaient venus, la chaloupe qui les avait amenés flottait à trente mètres de l'ouverture où ils se tenaient, des hommes cuirassés nonchalamment installés dans le véhicule. Il alla regarder le long du flanc de la montagne. La falaise était abrupte, vers le bas comme vers le haut. Il se retourna, la mine rembrunie, branlant du chef en revenant vers Dumarest.

— Foutu endroit pour creuser une mine, grommela-t-il. Que se passe-t-il si on tombe ? Comment nous en sortirons-nous s'ils décident d'un seul coup de nous laisser ici ?

— Ils ne le feront pas, dit Dumarest. Tu es un expert en équipement minier. Tu as accepté de vérifier certaines de leurs machines et de t'occuper d'éventuelles réparations. Avant que tu puisses les effectuer, il te faudra rentrer en ville et je devrai t'accompagner. Ils accordent davantage de valeur à leurs machines qu'à deux esclaves potentiels.

Jasken lâcha un grognement indiquant qu'il n'était

pas convaincu. Un plumet de poussière monta, presque immédiatement suivi d'une explosion sourde.

— Ces dingues font sauter des mines !

Jasken foudroya du regard les deux Melevganiens qui se tenaient tout près de là. Ils portaient tous d'épaisses combinaisons écarlates couvertes de poussière. Leur visage était décoré de volutes de peinture granuleuse. C'étaient des Geth, chargés héréditairement des mines.

L'un d'eux s'avança et déclara :

— Nous vous attendons.

Un ordre plein de l'arrogance naturelle des Melevganiens, mais tempérée par l'expérience et la brutalité des faits. Les roches n'obéissaient pas aux ordres et la pierre se fichait complètement des titres et de la folie des grandeurs. De tous les Melevganiens, les Geth étaient les plus sains d'esprit.

— Mon compagnon va étudier vos machines pour avoir une idée du travail. J'examinerai la mine pour évaluer les questions prioritaires. (Puis Dumarest ajouta :) Avec votre permission, naturellement, Monseigneur.

Geth Iema fronça les sourcils.

— Je ne comprends pas.

— Il ne suffit pas d'accroître l'efficacité d'un... marteau perforateur, disons, expliqua Dumarest. A quoi bon remplir l'air de poussière s'il n'y a pas de ventilation pour la dissiper ? Les ouvriers étouffent, meurent et la production ralentit encore plus qu'avant. Non, avant de tirer le maximum des machines disponibles, un tour d'horizon s'impose.

Le contremaître cligna des yeux et se débattit face à cette logique inhabituelle. Les esclaves étaient des esclaves. S'ils mouraient, on pouvait les remplacer.

— Cela ne prendra pas longtemps, Monseigneur, ajouta rapidement Dumarest. Et inutile de vous soucier de moi. Je peux très bien me débrouiller tout seul.

Des profondeurs du tunnel, un hurlement aigu

s'éleva, suivi d'un grincement métallique. Un appareil surchargé venait de brûler, peut-être au point d'être irréparable. Geth Iema se décida.

— Faites le nécessaire, ordonna-t-il. Je vous attendrai ici. Vous ne toucherez rien d'autre que les machines, vous ne parlerez à personne d'autre qu'aux autres contremaîtres. Allez !

Le tunnel était long, sinueux, rempli d'une poussière qui flottait comme une brume pâle dans l'air. Des galeries donnaient sur le boyau et des lumières jaunes apparaissaient dans la pénombre. Jasken fit halte, humecta un doigt et le tint au-dessus de la tête.

— Aucune ventilation digne de ce nom. Ces tunnels doivent bifurquer sur des kilomètres de chaque côté. Comment diable parviennent-ils à respirer sans pompes ni ventilateurs ?

Il tendit le bras et toucha un étai. Une pluie de poussière tomba quand il le secoua.

— Pourri. Ce n'est qu'une coquille de bois lixivié. Il a besoin d'être remplacé. Tous les cadres de cette foutue mine devraient être remplacés. Si on avait un gramme de bon sens, on ficherait le camp d'ici, Earl.

— Après. Après que j'aurai trouvé ce que je suis venu chercher.

— Tu penses pouvoir retrouver ces types ? (Jasken haussa les épaules.) Deux parmi tout ce monde ? Enfin, j'ai accepté de marcher et c'est ce que je vais faire. J'espère seulement que Tambolt n'aura pas la lubie de nous abandonner.

— Il ne peut pas.

— Qu'est-ce qui peut l'arrêter ? Peu importe à cette femme qui elle paie tant qu'elle peut partir et Tambolt se fiche de nous laisser tomber tant qu'il gagne du fric. Peut-être lui fais-tu un peu trop confiance, Earl.

— Il ne peut pas partir, dit patiemment Dumarest. J'ai une pièce du moteur. Il ne peut utiliser la chaloupe sans celle-là.

Une assurance. Une précaution, de la même manière qu'avait été une précaution de laisser la direction des opérations à Preleret en son absence. On pouvait abattre un homme, voire le tuer, et l'on pouvait trouver une pièce, avec suffisamment de temps, mais les deux devaient lui procurer une assurance intéressante.

— Enfonçons-nous dans la mine, dit-il. Je veux trouver l'endroit où travaillent ces hommes. Tu pourras examiner tous les engins à proximité pour donner le change, si nécessaire. Allons-y.

Jasken obéit en grommelant. La mine lui irritait les nerfs, l'emplissait de sombres pressentiments. Les galeries étaient trop étroites, la poussière trop épaisse et les étais l'inquiétaient. Les éboulements devaient être courants, par ici. L'humidité ne devait pas exister, à cette altitude, et la roche ne devait pas être grisouteuse, mais toute mine a ses dangers et il les flairait comme un chien.

Devant eux, le tunnel s'élargissait, bifurquait, des lumières marquant une nouvelle galerie et un front de taille. Un claquement de fouet retentit, suivi d'un grondement et d'un petit cri. Une vague de poussière s'éleva, les prenant à la gorge et aux poumons. Quelque part, une machine stridente bourdonnait irrégulièrement.

Elle était tapie comme un monstre contre le mur, les griffes d'acier raclant la roche, la projetant en pluie vers des hommes accroupis qui triaient les débris. D'autres hommes transportaient les déchets jusqu'à une fissure béante dans le sol. Il en montait un courant d'air sec et âcre. Il devait y avoir en dessous une caverne donnant quelque part sur l'air extérieur.

Dumarest observa les ouvriers : des esclaves enchaînés et reliés par une attache souple à un pieu enfoncé dans le mur. Ils étaient surveillés ppar des Melevganiens similaires à ceux qu'il avait vus en pénétrant dans la mine. Arrogants, fouet à la main, ils le faisaient claquer de temps à autre sur le corps nu des hommes recroquevillés. Et, de temps à autre, l'un des ouvriers se levait, s'inclinait et tendait une pierre à l'un des contremaîtres.

En guise de récompense, il recevait une tasse d'eau et une mince tranche de concentrés.

Joli système, songea férocement Dumarest. Les hommes travaillaient ou bien se faisaient fouetter. Ils trouvaient des pierres précieuses ou bien mouraient de faim. Il prit Jasken par le bras comme un homme s'avançait, le visage mauvais :

— Arrête !

— Mais, Earl... Ces hommes ! Regarde ce cochon qui leur fouette le dos.

— On ne peut rien y changer, lâcha Dumarest. Et l'on n'est pas venus ici pour se faire tuer. Si tu fais le moindre geste, tu te retrouveras une chaîne autour du cou.

Il désigna l'autre côté de la galerie où se trouvait une machine immobile et silencieuse.

— Va voir ce qu'elle a. Fais du bruit. Je vais un peu fouiner.

Il s'avança, salua les contremaîtres qui le considéraient sans curiosité. Il ne portait pas de chaîne et ne pouvait donc être un esclave. Il était ici et avait dû être accepté par les gardes à l'extérieur. Ils pouvaient donc feindre de l'ignorer.

Il se laissa tomber dans une poche d'obscurité et dit à un homme en sueur :

— Je cherche quelqu'un. Il n'y a pas longtemps qu'il est ici et il doit être accompagné par un ami. Un homme à la peau jaune. Tu l'as vu ?

Les yeux pâles dans le visage hagard le foudroyèrent.

— Ne m'empêchez pas de travailler, Monsieur. Je ne supporterai plus un seul coup de fouet et je n'ai pas mangé de la journée. Ne m'empêchez pas de travailler !

Dumarest s'éloigna. Les hommes étaient occupés à

manier leurs barres à mine. Poussière et bruit régnaient partout. Les hommes haletaient, plongeaient vers une gemme, se battaient pour elle comme des chiens pour un os, le gagnant allant percevoir sa récompense.

De la nourriture, de l'eau, une chance de survivre.

Un coup de sifflet retentit et le travail cessa, des esclaves s'engagèrent dans la galerie avec des seaux d'eau dont il tendirent une tasse à chaque homme. Dumarest regarda tandis que Jasken s'occupait de la machine, son travail ponctué de claquements métalliques. Il n'y avait pas de Hegelt ; les petits hommes basanés mouraient probablement trop vite. Il y avait des hommes de haute taille aux yeux bridés, d'autres à la peau d'ébène saupoudrée de poussière, d'autres à la peau blanche ou olivâtre. Il n'en vit aucun de jaune. Les Charniens devaient se trouver ailleurs.

Il en découvrit un au bout d'une galerie basse, plié en deux tandis qu'il maniait son pic. La peau lisse était abîmée par des cicatrices et des ecchymoses hideuses et des éraflures, le sang perlant sous la poussière. Il bondit lorsque Dumarest le toucha et se ratatina, un bras levé comme pour se protéger.

— Quel est ton nom ? demanda Dumarest.

Le Charnien leva un regard soupçonneux, mais les yeux inflexibles le forcèrent à répondre.

— Sheem. Pourquoi voulez-vous le savoir ?

— Je te cherchais, Sheem... Heeg Euluch, parle-moi de lui.

— Vous êtes un ami à lui ? (L'espoir étincela dans les yeux injectés de sang.) Il est revenu ? Je savais qu'il ne me laisserait pas tomber. Quand est-il arrivé ? Quand vais-je pouvoir partir ?

— Ce n'est pas un ami à moi, répondit sèchement Dumarest. Il n'est pas revenu. Il mène la belle vie quelque part pendant que tu pourris dans cette mine puante. Réfléchis. Un endroit magnifique avec une femme, peut-être. Du vin frais dans des verres à pied givrés par la condensation. Une douzaine de plats différents. De l'air frais à respirer et peut-être une brise légère portant le parfum des fleurs. Pourquoi se soucierait-il de toi ?

L'homme regarda le pic entre ses mains, les phalanges tendues sous la peau.

— Le porc. Le porc puant.

— Il t'a utilisé. Il t'a forcé à faire un travail, puis il t'a laissé tomber. Très gentil. Ton ami ? Avec un ami comme ça, pas besoin d'ennemis.

L'homme hocha la tête, incrédule.

— Il n'aurait pas fait ça. Il ne pourrait pas le faire.

— Il l'a bel et bien fait. Tu t'imagines que tout ça est un rêve ? (Dumarest désigna d'un geste la galerie et son contenu.) Il t'a laissé en otage et il savait foutrement bien ce qui t'arriverait s'il ne revenait pas. Où l'as-tu rencontré ?

— Dans la Vallée. Moi et Famur, on a grandi ensemble et on voulait prendre notre vol. On s'est associés à Euluch. Ensuite, ce boulot est arrivé.

— Quel était le nom de l'autre homme, celui qui est reparti avec Euluch ?

— Urlat. Chen Urlat.

— Il venait d'où ?

— Je ne sais pas. Il était avec Euluch quand on les a rencontrés. (L'homme cligna les yeux et déglutit.) Ecoutez, M'sieur, est-ce que vous pouvez me faire sortir d'ici ? Je ferai n'importe quoi si vous me faites libérer. Je vous en supplie, M'sieur. Je vous en supplie !

— Vous étiez deux ici. Où est l'autre ?

— Famur ? Il est mort. Une roche lui est tombée dessus le deuxième jour où ils nous ont jetés ici. Vous allez me faire sortir, M'sieur ? Je vous en prie !

Un fouet claque sèchement et l'homme hurla comme la corde s'enroulait autour de ses épaules. Un contremaître plié en deux dans le boyau se tenait là, le fouet prêt à frapper une seconde fois. Dumarest se leva et se tourna pour que le fouet le rate, s'inclinant pour dissimuler la haine qu'il avait dans les yeux.

— Monseigneur ?

— Il ne faut pas parler aux esclaves. Quand ils parlent, ils ne travaillent pas. Si vous les empêchez de travailler, vous irez les rejoindre.

— J'ai entendu et je vous obéis, Monseigneur.

Dumarest lutta contre son envie de se saisir du fouet et de lancer la corde sur ce visage arrogant, de frapper la face peinte avec le manche.

— Mais j'examinais la roche. L'outil qu'utilise cet homme n'est pas l'idéal pour ce travail. Si la poignée était plus longue et la pointe moins large, on obtiendrait une meilleure efficacité. Avec votre gracieuse permission, Monseigneur, je vais continuer mes examens.

— Vous ne parlerez pas ?

— Comment pourrais-je désobéir aux instructions des élus, Monseigneur ? Il en sera comme vous l'ordonnez.

Le Melevganien branla du chef, son arrogance lui dissimulant l'ambiguïté de sa réponse, mais il ne fit nullement mine de se déplacer. Là où se tenait Jasken retentit un vrombissement soudain d'énergie, le cri aigu d'un moteur qui tournait parfaitement. Son hurlement de triomphe couvrit le bruit des machines.

— Ça y est ! Est-ce que quelqu'un peut me donner une perforatrice ?

Le contremaître se retourna, son attention attirée par la diversion fournie par Jasken ; Dumarest se pencha et parla à voix basse :

— Vite. Où Euluch avait-il l'intention d'emmener l'enfant ?

— Je ne sais pas. Il ne l'a pas dit.

— Mais tu savais ce qu'il cherchait à faire ?

L'homme haussa les épaules.

— Bien sûr. Un kidnapping pour un gros paquet. Dommage que ça ait foiré.

— Ça n'a pas foiré, dit sèchement Dumarest. Et Euluch savait parfaitement ce qu'il faisait. Quelques Melevganiens pour faire le vilain boulot et deux idiots en guise d'otages. Toi et Famur. Ton ami est mort et tu pourrais bientôt le rejoindre. Si tu sortais d'ici, où irais-tu chercher Euluch ?

— Vous allez me faire relaxer ?

— Peut-être... et maintenant, parle.

Plus loin dans la galerie, un fouet craqua, puis un cri de douleur s'éleva. Ce bruit anéantit les hésitations du Charnien.

— Dans la Vallée. Il y a une taverne, la Sumba. C'est là que j'irais le chercher ! (Il tendit la main pour prendre Dumarest par le bras.) Maintenant, pour l'amour de Dieu, M'sieur ! Sortez-moi d'ici !

Dumarest se dégagea de son étreinte et se leva, le regard inflexible. Nul ne devrait être enchaîné comme un animal et forcé de travailler en tant qu'esclave. Mais il n'éprouvait aucune pitié envers quelqu'un qui avait accepté de dérober un enfant.

— Tu es un homme. Débrouille-toi pour te barrer. Tu as des outils que tu peux utiliser comme armes. Il y a une fissure dans la mine qui doit conduire à l'extérieur. Mets-toi d'accord avec d'autres types, tuez les contremaîtres et fichez le camp.

— Impossible ! Ils me tueraient !

— Oui. Si tu n'y arrives pas, ils te tueront. Mais ils vont te tuer de toute façon, alors qu'as-tu donc à perdre ?

CHAPITRE XIV

Il était tard lorsqu'ils quittèrent la mine, le soleil d'émeraude était bas sur les montagnes et projetait de larges bandes d'ombre à partir des cimes déchiquetées par-dessus les contreforts et le terrain cultivé. Jasken était assis à côté de Dumarest dans la chaloupe, mal à l'aise en raison de la présence des personnages cuirassés devant et derrière eux. Il parla d'une voix anxieuse et basse.

— Je ne pensais pas qu'ils nous laisseraient ressortir, Earl. Ce contremaître, Geth Iema, s'est montré très ferme.

— La façon dont tu as réparé cette machine lui a plu. Tu l'as impressionné. Peut-être devrais-tu songer à accepter son offre. Une maison, des domestiques, des joyaux et une vie agréable. Tout ce que tu aurais à faire, c'est conserver l'équipement minier en état de fonctionner.

— Et s'il arrivait que j'en sois un jour incapable ? (Jasken frémit.) Tu as vu ces pauvres diables ? Enchaînés, battus et respirant cette poussière puante ? Une erreur et je me retrouverais parmi eux. Une parole de trop à l'adresse d'un contremaître suffirait. (Il se rembrunit devant les personnages en armure devant eux.) Ces gens-là aiment à en faire à leur tête. Geth Iema ne voulait pas nous laisser partir.

Cela avait pris force habileté verbale et promesses extravagantes, mais Dumarest savait qu'ils n'étaient pas encore tirés d'affaire. Ils étaient peut-être sortis de la mine, mais Meleugan était une prison en soi. Plus ils attendraient, plus elle deviendrait dangereuse. Jasken avait une grande valeur aux yeux des Meleuganiens ; quant à Dumarest et aux autres, ils constituaient une main-d'œuvre bon marché pour la mine.

Il déclara à haute voix :

— Je pense que tu devrais accepter cette offre. Grâce à tout ce que nous avons apporté, tu pourrais réaliser une bonne partie des réparations nécessaires. J'apporterai le reste de ce qu'il faudra. Tambolt et deux autres pourront rester ici en otages et l'on pourrait instaurer un véritable service entre ici et Sargone. (Il ajouta à l'intention des Meleuganiens à l'oreille tendue :) Quel honneur que de servir les élus. Leur seule proximité procure un sentiment de fierté.

Jasken se retourna, le regard incrédule.

— Earl ! Qu'est-ce qui te...

Il s'interrompit quand un coude s'enfonça dans ses côtes.

— N'est-ce pas, que c'est une bonne idée, Jasken ? Réchéchis, mon vieux. Une belle maison et tout ce que tu pourrais jamais espérer obtenir. Tu connais ce travail, il est facile pour toi, et nous pouvons faire en sorte que des outils et des pièces soient expédiés régulièrement, si les Meleuganiens sont d'accord. Quand penses-tu que la production pourra commencer à être accélérée ?

— J'estime qu'elle pourra doubler dans deux mois, répondit Jasken en prenant le train en marche. Ces outils à main sont désespérément inefficaces. Une fois que les haveuses fonctionneront, les hommes pourront se concentrer sur l'examen des débris au lieu de taper du marteau sur la roche. Bien entendu, cela veut dire que tu pourras m'apporter toutes les pièces. Combien de temps penses-tu qu'il te faudra ?

— Pas très longtemps. Procède à une nouvelle évaluation dès demain et dis-moi ce qu'il te faut. Avec la permission des Meleuganiens, je pourrai partir après-demain et revenir dans une semaine. Auras-tu besoin de l'aide de Tambolt ?

— De lui et de deux autres, dit Jasken, qui continua, comme la chaloupe approchait de la ville : Cette idée me séduit. Il faudrait qu'on fête ça ce soir. Un peu de vin et tout ce qu'on pourra trouver. Et la chaloupe ?

— Ça... (Dumarest toucha la pièce du moteur qu'il avait dans sa poche.) Elle est inutilisable. Je vais devoir demander aux élus de nous prêter l'une des leurs. Je pourrai apporter des pièces de rechange quand je reviendrai.

Bavardage infantile, mais pour les esprits tordus impatients d'entendre ce qui leur plaisait, il pouvait participer à lever certains soupçons. Il n'était d'ailleurs pas mauvais de rappeler aux Gardiens que leur chaloupe ne valait guère mieux qu'un amas de ferraille. Un mensonge, certes, mais qui pouvait aider à débloquer le piège inconfortable dans lequel ils se trouvaient coincés.

Neema en était également consciente. Lorsqu'ils pénétrèrent dans la Maison du Pendu, elle hocha la tête à l'adresse de Jasken et prit Dumarest par le bras.

— Où diable étiez-vous passés ? Je vous attendais ; nous vous attendions tous. Bon Dieu, Earl, qu'est-ce qui vous a retenus si longtemps ?

— Nous avons éprouvé des difficultés à revenir. Vous êtes prête à partir ?

— Il y a maintenant plus d'un an que je suis prête,

mais je vois ce que vous voulez dire. (Elle toucha la ceinture large et épaisse qui lui ceignait la taille.) Oui, je suis prête.

Tambolt se précipita vers eux, le visage furieux.

— La chaloupe, Earl. Elle refuse de monter. Le moteur ne démarre même pas. J'ai tout essayé et... (Il s'interrompit en avisant l'expression de Dumarest.) Quelque chose qui ne va pas ?

— Je ne sais pas, dit froidement Dumarest. A toi de me le dire. Pourquoi as-tu essayé de faire démarrer notre chaloupe ?

— Je... (Tambolt déglutit.) Je faisais un essai, c'est tout. Moi et Haakon.

Il fit un geste en direction de l'un des hommes qui formaient un petit groupe à côté du véhicule.

— Il y a jeté un coup d'œil et il a dit qu'il manquait une pièce. Earl ! Comment diable allons-nous foutre le camp d'ici ?

Dumarest fit comme s'il n'existait pas, se dirigea jusqu'à la chaloupe et regarda à l'intérieur. Elle contenait des caisses de nourriture, des récipients d'eau, des ballots et des paquets ainsi que divers vêtements, des vases, des statues, des objets de valeur.

A son côté, Preleret expliqua à voix basse :

— J'ai bien essayé de les arrêter, Earl, mais ils n'ont pas voulu m'écouter. Ils ne seraient quand même pas partis sans vous : j'y aurais veillé.

— Les marchandises ? Elles sont à la femme ? demanda Dumarest.

— Dans ces ballots. Le reste provient de la maison.

— Qui l'a pris ? Arion ? Haakon ? Sekness ? Tambolt ?

— Pas Sekness.

Dumarest se retourna pour faire face aux trois autres.

— Prenez tout ça et ramenez-le à sa place. Tambolt, tu t'es montré mal avisé. (Ses lèvres se pincèrent comme ils ne faisaient pas mine d'obéir.) Espèce d'imbéciles ! Les Hegelt savent tout ce que vous faites et ils parleront. Ils n'ont aucune raison de nous aimer et ils peuvent espérer une récompense s'ils rapportent ce qu'ils savent. Essayez de voler quelque chose et vous vous retrouverez dans les mines. Si vous voulez savoir ce que ça signifie, demandez un peu à Jasken. Il y est allé.

— Rien d'amusant, commenta ce dernier. Faites ce que vous dit Earl.

— Hé ! Attendez une minute ! (Arion s'était avancé.) Tambolt a dit que ça ne faisait rien et qu'on n'avait qu'à profiter de l'occasion. Je...

Sekness tapa sur le bord de la chaloupe avec sa massue.

— Je suis avec Earl. Voler ne me plaît pas, mais je ne suis pas le patron et vous ne m'auriez pas écouté. Mais si le patron dit qu'il faut tout ramener, obéissez !

Sa massue retomba sur le métal et produisit un bruit menaçant.

Pendant que les hommes commençaient à décharger la chaloupe, Dumarest demanda :

— Je suppose que tu as autorisé ceci, Tambolt, avant même de savoir que vous ne pourriez partir ?

— Je voulais seulement tout préparer, Earl. (Il tenta de sourire, puis haussa les épaules.) Très bien, je me suis trompé, mais l'idée m'avait paru bonne sur le moment. Peut-être que je ne suis pas capable de ne pas gâcher ce qui marche bien, mais ces trucs étaient vraiment trop tentants. Ce n'était d'ailleurs pas exactement du vol, car si d'autres commerçants utilisent ce bâtiment ils peuvent les emporter aussi. On ne pourrait vraiment leur en vouloir. Les Meleuganiens sont tellement riches que ça ne représente pas grand-chose pour eux.

L'éternelle autojustification des voleurs. Dumarest

se tourna sans se doner la peine de discuter et découvrit Neema revenue à son côté.

— La chaloupe, Earl ?

— Elle marche. (Il tendit à Jasken la pièce qu'il avait ôtée.) Nous partirons à la première heure.

— Pas avant ?

— Non. J'ai essayé de convaincre nos hôtes que nous n'avions pas l'intention de partir avant après-demain. Ils ne croiront peut-être pas ce qu'ils ont entendu, mais il faut tout de même agir en conséquence.

— C'est pour ça que tu leur as ordonné de tout débarquer ?

— Ces imbéciles... ! (Son visage se rembrunit de colère.) Il est peut-être déjà trop tard. Si les Hegelt ont remarqué quelque chose, les Meleuganiens sont peut-être déjà au courant. Mais il se peut aussi que rien n'ait été encore remarqué. L'important, c'est que tous ces trucs n'aient pas été vus dans notre chaloupe, sinon, il ne nous reste aucun espoir de pouvoir nous échapper.

— Nous n'en avons déjà pas beaucoup, fit-elle d'une voix sinistre. Je viens d'en traiter un à l'aide d'un médicament hypnotique que je n'utilise qu'en cas d'urgence. Il a parlé et j'ai appris qu'ils n'ont nullement l'intention de vous laisser partir. Pour l'instant, ils jouent au chat et à la souris. Il se peut que vous puissiez les en dissuader, mais j'en doute. Les jeunes Gardiens s'imaginent que vous avez tué leurs compagnons. Ceux qui ont accompagné le géant.

— Et qu'est-ce qui peut leur faire penser cela ?

— Les lances. Vous en avez trois. Je les ai vues et les Hegelt aussi. Tu ne te trompes pas en disant qu'ils parlent à leurs maîtres. Seuls les Gardiens portent des lances et il n'est pas besoin d'être un génie pour deviner où vous les avez trouvées. Earl, je suis terrifiée !

Elle se jeta dans ses bras et il la tint en oubliant tous les autres, sentant le tremblement de son corps doux contre le sien. Un effondrement émotionnel, songea-t-il. Ses nerfs à fleur de peau qui lâchaient devant des dangers d'autant plus inquiétants qu'ils n'étaient pas encore réels.

— Est-ce que tu pourrais nous procurer des armes, Neema ? D'autres lances, peut-être ?

— Non.

Elle recula en haletant, l'expression de son visage se calmant sous le regard de Dumarest.

— Les Gardiens les surveillent de près. J'avais un laser à mon arrivée, mais il a disparu. Les Hegelt, je pense. Je pourrais en trouver, je suppose, mais ce serait dangereux.

Trop dangereux. Un rien et les soupçons risquaient de dégénérer en action. Et si ce qu'elle avait appris de son malade était vrai, les gardiens les surveillaient et étaient prêts à bondir. Sa comédie en compagnie de Jasken avait pu les décontracter, sans plus. Il était bien plus amusant de laisser leurs victimes s'imaginer que la voie était libre avant de refermer le piège. Voilà un jeu que devaient apprécier les Meleuganiens. Du moins, il l'espérait. C'était dans le sadisme des Meleuganiens que résidait leur unique espoir d'évasion.

— C'est réparé ! lança Jasken qui se trouvait à côté de la chaloupe. Qu'est-ce qu'on fait, maintenant ?

— On attend.

Dumarest étudia la cour où reposait le véhicule. Le portail donnait sur la rue, les escaliers montaient aux appartements. Il pouvait se trouver des chausse-trapes dans le plancher ou des panneaux secrets dans les murs, mais il en doutait. Ce type de détails n'était conçu que par des gens timorés, ce qui n'était pas le genre des Melevganiens. Ils étaient peut-être fous mais sûrs de leur supériorité.

— Essaie de bloquer le portail, Jasken, ensuite restes-y avec Preleret pour monter la garde. Vérifie le chargement et assure-toi que nous pourrons emporter tout ce qui nous faut. (Il surprit l'expression de

Neema.) Tu pourras emporter tes affaires personnelles, mais le reste risque de devoir rester ici. Ça te gêne beaucoup ?

— Non. Et ensuite ?

— On va faire la fête.

Ce fut une mascarade où les hommes rigolèrent, burent, crièrent, pelotèrent les femmes hegelt peu farouches. On chanta et feignit l'ivresse. Une comédie macabre à l'intention des Hegelt et des Gardiens. Ils l'avaient promis et ils le firent pour lever les soupçons. Mais ils connaissaient la valeur de la nourriture et en avalèrent en prévision de l'avenir.

A une fenêtre, Dumarest contemplait le ciel. La nuit était tombée, les étoiles flamboyaient en une arche brûlante ; il maudit ces pans et ces halos de lumière qui éclairaient le firmament. Il aurait voulu des nuages épais qui atténuent la vision nocturne de tout observateur. Pour l'instant, il fallait attendre que lesdits curieux soient pris de somnolence à leur poste.

Neema vint le rejoindre. Elle avait un peu abusé du vin, comme Haakon et Arion, malgré des avertissements répétés. Ils en avaient absorbé trop généreusement au lieu de le siroter, et les rires bruyants étaient désormais authentiques. Dumarest surprit le regard de Sekness et l'homme hocha la tête. Ils seraient silencieux le moment venu, ou bien il passerait à l'action à l'aide de sa massue. Sans armes, ils seraient des passagers ; pour l'instant, ils ne faisaient qu'accentuer l'impression d'ivresse généralisée.

Neema ne faisait pas uniquement semblant. Elle lâcha un soupir et s'appuya contre son bras quand Dumarest se détourna de la fenêtre.

— Cinq ans, dit-elle. Cinq années abominables. Je ne peux croire que ce soit presque terminé. Tu sais ce que je vais faire quand on sera arrivés à Sargone, Earl ? Je me paierai ce qu'il y a de mieux. Des vêtements, des mets fins, des vins, tout.

— Tu as déjà tout cela.

— Non. Les objets peut-être, mais pas l'environnement. Je suis malade d'être servie par des esclaves. Je veux des gens avec qui je puisse parler et rire et savoir qu'ils travaillent pour moi parce qu'ils le veulent bien et non parce qu'ils seront fouettés ou tués s'ils n'obéissent pas. Et il y a d'autres choses. (Elle se pressa encore plus contre lui.) Une chose en particulier. Cinq années à Melevgan, Earl. Peux-tu avoir une idée de ce que cela signifie ?

— Tu me l'as dit.

— Ce n'est pas tout. Il y a pis. Je suis une femme, Earl. J'ai besoin d'être aimée. A quoi bon l'argent, les vêtements et toutes les autres babioles si le plus important n'est pas réalisé ? Cinq années gaspillées, Earl. Tu comprends ?

Une femme, plus âgée qu'elle le paraissait, un peu ivre et très sentimentale. Un refuge, peut-être, devant ses peurs imaginaires. Un soulagement devant les tensions. Une soupape de sécurité personnelle contre les pressions émotionnelles internes. Dumarest se rappela l'environnement où elle avait vécu, la contamination qui l'avait entourée. Quelque chose d'insidieux qui pouvait déformer, modifier les points de vue et transformer la logique de telle sorte que l'impensable devienne chose courante et l'inhabituel la norme.

— A Sargone, Neema, tu trouveras tout ce qu'il te faut, dit-il doucement.

— Je l'ai ici, Earl. Presque. Y as-tu jamais songé ? Tout ce qu'on peut espérer, sauf une chose. Et quand celle-ci arrive, le monde peut enfin être complet. Il pourrait l'être, pour nous deux. Je sais me débrouiller avec les Melevganiens. Ils sont fous, bien sûr, mais je sais m'en débrouiller. Nous pourrions vraiment commencer à vivre. Toi et moi, Earl, ici, dans une belle maison, avec tous les domestiques possibles et imaginables et tout ce qu'on peut rêver d'acheter. Un rêve réalisé, Earl. Ici, au creux de ta main. Referme-la et il t'appartiendra.

Elle était passée de la terreur à l'excès de confiance, du désespoir à l'euphorie extravagante, tout cela en quelques heures, grâce sans doute aux effets du vin. Un changement émotionnel courant chez les maniaques-dépressifs couplé à sa paranoïa. Une combinaison plus explosive qu'une bombe.

Dumarest éprouva de la chair de poule en la regardant droit dans les yeux. Ils étaient larges, pailletés de couleurs changeantes, fenêtres donnant sur un esprit qui dérivait dans des régions inconnues. Un mot et elle lui arracherait les yeux ou serait dans ses bras. Un refus risquait de la jeter dans le suicide ou la faire se précipiter dans la rue pour dénoncer leur projet.

— Un rêve, Neema ? (Il se força à sourire, à rester décontracté.) Mais ne l'as-tu pas déjà vécu ?

— Je le croyais, Earl, mais il n'a pas duré. Nous sommes venus ici en sachant exactement ce que nous devions faire. Un moment, tout s'est très bien passé, puis... (Elle haussa les épaules.) Il était faible, Earl. Bête. Il refusait de m'écouter. Un idiot très savant qui n'acceptait pas mes conseils.

Et qui se balançait maintenant au bout d'une potence, en guise d'ornement d'une maison où elle s'offrait à un autre homme.

— Tu ne serais pas faible, Earl. Tu es fort et tu sais ce qu'il faut faire au moment propice. Une femme serait en sécurité avec toi. Tu prendrais soin d'elle, tu la protégerais. Et tu ferais davantage, mon chéri. Bien davantage. (Elle lui prit le bras.) Viens avec moi, Earl. Viens avec moi. Tout de suite !

Tambolt eut un large sourire et un regard envieux quand ils passèrent près de la table. Dumarest, qui n'oubliait pas les Hegelt qui les surveillaient, prit une bouteille et la porta à ses lèvres, déglutit mais n'avala rien. Il laissa tomber la bouteille avec un soupir d'appréciation, en prit une autre et répéta son numéro, puis la lâcha pour qu'elle se casse dans une mare de vin.

— Une chanson, ordonna-t-il. Une chanson. (Du bruit pour accroître l'illusion de gaieté.) Et ces filles, là. Elles ne savent pas danser ? De la musique, des filles et de la danse. C'est la fête !

Le bruit s'éleva derrière eux tandis qu'ils montaient, le cliquetis des talons de Neema le précédant. Il referma la porte et le vacarme fut étouffé. Deux heures, trois tout au plus. Il arriverait à la faire tenir.

— Du vin, Earl ?

Les Hegelt avaient redécoré la chambre selon les instructions de Neema données durant l'absence de Dumarest et Jasken. Il y avait une bouteille et deux verres à pied sur une table basse, le large lit recouvert d'un drap brodé éclatant, un encensoir sous une mince spirale de fumée dont le parfum lourd pesait dans l'air.

Il prit le vin et ne fit pas semblant d'avaler le contenu du verre. Par-dessus le rebord, il regardait ses yeux toujours très grands et emplis d'une émotion vaguement mouvante.

— Tu m'aimes, Earl. Dis-le-moi !

Il continua de l'observer sans mot dire.

— Dis-le-moi ! (Elle leva un peu la voix.) Je veux que tu m'aimes, Earl. Je t'aime et il n'est pas juste que tu ne m'aimes pas. Il faut que tu m'aimes, Earl. Tu dois m'aimer. Tu m'aimes. Dis : « Je t'aime, Neema. » Dis-le-moi !

Il lui jeta le vin au visage.

Le liquide rubis la frappa, lui coula sur les sourcils, jusqu'au bout du nez et à la pointe du menton, dégouttant vers les seins tendus sous la robe décolletée, et la surprit par sa brutalité humide. Elle recula en titubant, cligna les yeux, ses mains se levèrent, la lumière jaillit des bracelets, du mince filet au dos des mains. Il leva le bras et les dirigea soudain vers le haut tandis que sa main droite allait la gifler sèchement.

— Je te l'ai déjà dit : si tu te sers de ces aiguilles, je te casse les deux bras.

— Earl ! Tu...

Un instant, sa santé mentale resta en balance. Sa rage montait, montait, attaquant son esprit avec une fureur destructrice. Une rage trop grande pour être contenue. Il l'avait déjà rencontrée, chez un homme aveuglé qui s'était jeté dans un feu en raison de l'anéantissement qu'il éprouvait.

Elle s'écroula alors en frissonnant dans ses bras.

Il la porta jusqu'au lit, la déposa sur le drap et la tint serrée contre lui jusqu'à ce que la tempête se fût apaisée ; elle se leva alors, le visage trempé de larmes et souillé de vin.

Il prit de l'eau pour la nettoyer, la peau dorée désormais dépourvue de produits de beauté lui donnant un air hagard et quelque peu pathétique.

— Earl ! (Elle leva la main et se toucha le front.) Il faut que je fiche le camp d'ici. Parfois, je deviens dingue. C'est quelque chose d'intérieur, comme une explosion interne. Je ne pense pas droitement et ma logique s'en va à vau-l'eau. J'aurais pu te tuer, tout à l'heure. Je l'aurais fait, si j'en avais eu la possibilité. Rien ne semblait importer en dehors de ça : te tuer, te voir mort.

— Je sais, dit-il. Je sais.

— Non, tu ne peux pas savoir.

Elle le regarda, ses yeux désormais éclaircis, un peu rougis du fait de ses pleurs.

— Ou si tu le savais, tu n'aurais aucune raison de vouloir tuer. Comme moi. Les Melevganiens n'en ont aucune ; c'est simplement qu'ils suivent leurs lubies. Mais était-ce vraiment une lubie ? chuchota-t-elle. Tout semble à la fois si logique et raisonnable. Ce n'est qu'après que l'on comprend. Paroles de dingue et comportement de dingue. Ça ne fait que s'aggraver, Earl. J'étais auparavant capable de lutter contre, en prenant des médicaments pour le contrôler; récemment, je ne m'en suis plus préoccupée.

— Ça va aller mieux, Neema. Une fois qu'on aura quitté cet endroit, tu te trouveras parmi des gens normaux. Tu pourras même te faire traiter pour te rééquilibrer. Rien d'inquiétant.

Elle sourit, tendit la main et lui toucha le visage.

— Tu es gentil, Earl. Dur, mais gentil. Et doux aussi.

— Doux ?

Il porta la main là où il l'avait frappée. La peau était rouge, mais il n'y aurait pas d'ecchymose.

— Tu devrais te reposer un peu. Pendant au moins quelques heures. Je viendrai te chercher quand l'heure sera venue.

— Non ! Je...

Elle voulait lui faire confiance et ne pouvait le traiter ouvertement de menteur. Elle n'arrivait pas à exprimer sa crainte qu'il ne partît en la laissant sur place. Elle ne put que dire :

— Mon visage ! Je dois être affreuse !

Il répondit en souriant :

— Non. Tu ressembles à ce que tu es. Une femme très séduisante.

— Tu trouves ? Earl, tu le penses vraiment ?

Elle l'enlaça alors, le parfum de ses cheveux dans les narines, la chaleur de son haleine contre sa joue.

— Ne m'abandonne pas, Earl. Pour l'amour de Dieu, ne m'abandonne pas. J'ai peur. Je veux quelque chose à quoi me raccrocher. Earl ! Reste avec moi jusqu'à l'heure de partir !

CHAPITRE XV

Dans les ténèbres, l'escalier était un piège mortel, mais s'ils étaient surveillés, ce serait la dernière issue à garder. Dumarest se glissa contre le mur extérieur de la spirale en s'efforçant de ne pas regarder vers le bas. Aucun gardien, et le ciel était vierge. Il atteignit le sol et alla frapper à la porte. Deux fois, une pause, puis deux fois encore. Elle s'ouvrit avec un léger craquement de bois et, dans la pénombre, il distingua la masse de la chaloupe, les autres qui attendaient dans le véhicule, la lumière des étoiles se reflétant dans leurs yeux.

C'était Jasken qui avait ouvert la porte.

— Tout va bien, Earl ?

— On ne peut mieux. Tu sais ce que tu dois faire ?

— Monter très haut, dès que possible, puis me diriger plein ouest. Mais, Earl, Sargone se trouve au sud.

— Nous allons vers l'ouest.

— Pour éviter d'être poursuivis. (Jasken branla du chef.) Bonne idée. J'aurais dû y penser.

Pour éviter d'être poursuivis et pour aller vers la Vallée de Charne, mais Dumarest n'en parla pas. Il examina rapidement la chaloupe et s'assura que chacun se trouvait à sa place. Jasken aux commandes, Preleret avec l'autre fusil à bâbord, lui-même à tribord. Tambolt et Sekness chacun avec une lance à l'avant et à l'arrière. Haakon et Arion étaient affalés au milieu du véhicule, haletants, inutiles. Neema était tapie à côté d'eux.

Dumarest lui tendit la dernière lance.

— Tu sais t'en servir ?

— Je pense.

— Vise comme avec une canne. Il y a un bouton sur le manche. Tu appuies dessus pour lancer un projectile. Il possède une tête explosive, alors veille à ne pas tirer trop près. (Il ajouta à l'intention de tous :) Ne tirez que quand je vous le dirai. Si on est arrêtés, je veux essayer de passer au bluff. Ne parlez pas, ne bougez pas, mais restez sur le qui-vive. Parfait. Jasken, on y va !

Le moteur vrombit, puis adopta un bruit de pulsation peu discret qui se transforma en bourdonnement pleurnichard quand la chaloupe quitta le sol. Jasken la guida prudemment hors du bâtiment, puis augmenta la puissance. Le sol s'éloigna et ils montèrent s'exposer à l'éclat des étoiles.

Le firmament était trop brillant. Dumarest avait espéré un temps couvert, mais rien de tel ne s'était produit et il n'osait plus attendre. L'aube les trouverait en sécurité de l'autre côté des montagnes.

Tambolt inspira bruyamment son souffle.

— On va y arriver, Earl ! Bon Dieu, on va y arriver !

Sa voix était pâteuse, malgré les douches froides auxquelles il avait été soumis. Dumarest baissa les yeux sur la maison à la macabre décoration. Les Hegelt étaient partis une heure avant, pour rapporter, espérait-il, que la fête s'était terminée dans une stupeur d'ivrognes. Les Gardiens s'étaient peut-être laissé abuser. Dans ce cas, ils ne risquaient plus que de tomber sur une patrouille en vadrouille.

Ils s'élevèrent encore, la ville ne ressemblant plus qu'à un jouet voyant en dessous d'eux, les lumières révélant la forme des bâtiments, les silhouettes minuscules des Hegelt affairés à leur éternel nettoyage. Dumarest se pencha et ses yeux s'étrécirent.

— Neema !

Elle le rejoignit immédiatement, ses cheveux lui caressant la joue.

— Qu'y a-t-il, Earl ?

— Cette foule, là en bas, c'est normal ?

— Rien n'est normal à Melevgan. Ce pourrait être le début d'une chasse à l'homme... parfois l'un d'eux est assez dingue pour se proposer comme gibier, mais la plupart du temps ils s'en prennent à l'un des leurs sans raison apparente. (Elle prit son souffle, soupir intérieur d'énervement.) Je ne peux en être sûre. C'est trop loin. Cela t'inquiète, Earl ?

A un tel moment, tout pouvait être source d'inquiétude. Ils s'étaient élevés très haut et personne ne pouvait les voir sans lever les yeux au ciel ; mais d'autres chaloupes plus bas pouvaient les repérer du fait qu'ils occultaient certaines étoiles tandis qu'ils se dirigeaient vers l'ouest. Redescendre un peu pouvait s'avérer plus sûr, mais ils diminueraient leurs capacités de manœuvre en restant près du sol. Ils éveilleraient également les soupçons.

Il ne leur restait plus qu'à demeurer sur le qui-vive et croire en leur bonne étoile.

Celle-ci les trahit à mi-chemin des montagnes.

Preleret vit le premier le danger.

— Quelque chose se dirige vers nous, Earl. A quarante-cinq degrés en dessous.

Une forme sombre baignée de lumière stellaire. Une grosse chaloupe remplie d'hommes en armure.

— On pourrait la détruire, Earl, fit Tambolt. Leur balancer des projectiles avec la lance. Les tuer avant même qu'ils s'en soient rendu compte.

— Non.

— Mais...

— Ferme-la ! Ne parlez pas et ne montrez pas ces armes.

Deux fusils avec une capacité de quinze coups. Trois lances contenant chacune dix projectiles. Trente coups décochés par des mains inexpérimentées. Les deux tiers n'atteindraient jamais leur but. Le restant tueraient, mutileraient et détruiraient peut-être le moteur. Il y aurait alors la contre-attaque de ceux qui avaient survécu. L'alerte serait donnée et ils seraient sans défense face à une nouvelle attaque.

D'ailleurs, la chaloupe ne les avait pas encore aperçus. Elle volait tout droit à une centaine de mètres en dessous d'eux. Avec un peu de chance, elle allait passer.

Dans leur propre véhicule, Haakon se tourna, se leva à quatre pattes et hurla :

— Du vin ! Apportez encore du vin ! Je veux encore du vin !

Sekness agit avec promptitude, sa massue se leva et retomba avec un bruit de craquement sourd, mais le mal était fait.

Une tête cuirassée s'inclina, l'éclat des étoiles révéla les fentes de la visière, taches sombres en dessous desquelles se trouvaient les yeux. Une main gantée se leva et les désigna ; une lance se pointa ; puis une autre et une douzaine ensuite.

Dumarest ordonna aussitôt :

— Chantez. Tambolt, Jasken, faites semblant d'être saouls. Les autres, aplatissez-vous... et cachez ces armes.

Il abaissa sa propre lance tandis que la chaloupe du dessous montait se mettre à leur niveau et il se pencha par-dessus bord pour sourire et agiter la main en guise de salut joyeux.

— Salut ! Belle nuit pour une balade. Vous auriez dû venir à la fête. On s'est bien marrés. Du vin, des femmes, des chansons. (Il agita la main en direction des autres.) Vous voulez venir avec nous ?

— Arrêtez-vous immédiatement !

— Bien sûr. (Dumarest fit signe à Jasken.) Tu l'as entendu. Il veut venir avec nous. Il ne peut pas y arriver si on continue d'avancer.

— Et taisez-vous !

— Vous voulez qu'on arrête de chanter ? Comme vous voulez, Monseigneur. Nous allons travailler pour vous, vous le savez ? Moi, ces deux-là, et les autres qui sont restés à la maison. (Il hocha la tête en faisant mine de recouvrer le contrôle de soi.) Messeigneurs ! Si nous vous avons offensés, nous vous apportons nos excuses. Ai-je l'honneur de parler à Tars Boras ?

— Vous le connaissez ?

— J'ai eu l'honneur de sa compagnie. C'est lui qui nous a donné la permission d'essayer notre chaloupe cette nuit. Il s'est montré des plus courtois.

Un moment, le personnage cuirassé qui se tenait debout fixa Dumarest d'un air déconcerté, la visière rabattue lui donnant l'apparence d'un curieux robot.

— Faites demi-tour et suivez-moi jusqu'à la ville. Si vous déviez de ma route, vous serez immédiatement détruits.

— A vos ordres, Monseigneur, dit Dumarest. Il en sera fait comme vous le désirez.

— Earl ? demanda Jasken.

— Obéis, mais en tournant prends un peu d'altitude.

Dumarest s'accroupit tandis que le véhicule effectuait un cercle serré et il alla toucher Preleret à l'épaule. Il parla à voix basse.

— Ils nous couvrent. Si on attaque et qu'on ne les touche pas, ils nous enverront à tous les diables. Sekness, que sais-tu faire avec un fusil ?

— Je sais m'en servir.

— Prends le mien. Il est armé. Semi-automatique... tu vises et tu appuies sur la gâchette. Passe à droite.

Preleret, mets-toi à gauche. Levez-vous quand je vous le dirai et occupez-vous de tous ceux qui peuvent nous tenir en joue. Je me charge de la chaloupe.

Dumarest ramassa la lance que Sekness avait laissé tomber.

— Je peux vous aider ? demanda Neema.

— Non. Ne te mêle pas de ça. Tambolt, tu couvres Jasken. Si quelqu'un essaie de l'avoir, tu lui tires dessus le premier. Mais n'utilise pas ta lance sans besoin. Prêts ? (Il regarda par-dessus le bord de la chaloupe.) Allez !

Il se leva, la lance dans les mains, la pointe dressée. Devant lui, les personnages en armure tenaient leurs lances bien droit, mais il paria qu'ils mettraient du temps à ouvrir le feu. Suffisamment pour que ses deux tireurs leur règlent leur compte. Il entendit les explosions sèches, vit les Melevganiens tomber en arrière comme les balles perforaient les armures décoratives et les autres se tourner pour tomber sous le feu nourri impitoyable.

A cet instant, il toucha le bouton sous son pouce, les projectiles jaillissant du bout de la lance. Quatre coups, tous concentrés sur le pilote et les commandes du véhicule. Lorsqu'ils explosèrent, il cria à Jasken :

— Tourne ! Monte ! Manœuvre d'évitement !

Des projectiles jaillirent sur le côté tandis qu'il obéissait. L'un heurta l'arrière de leur chaloupe et explosa contre le fond. Tambolt hurla, leva sa lance et jura lorsque Dumarest la lui arracha des mains.

— Qu'est-ce que tu fous ?

— Je préserve notre puissance de feu.

Dumarest jeta un regard en arrière sur l'autre appareil qui donnait de la bande et tombait lentement, ses occupants accrochés aux plats-bords. Ses projectiles avaient endommagé les commandes.

— On a eu pas mal de veine. La prochaine fois, on aura besoin de toutes nos munitions.

— S'ils viennent.

— Ils viendront, fit Dumarest d'une voix sinistre. Monte la garde pendant que j'examine les dégâts.

Le projectile vagabond avait explosé à quelques décimètres de l'arrière, là où avait reposé la tête d'Arion. La chaloupe remonta un peu lorsque Dumarest jeta son corps par-dessus bord.

— Tu ne peux pas nous faire monter plus haut, Jasken ?

— J'essaie. Les dégâts nous ont ôté de la puissance.

— Fais de ton mieux.

Dumarest se pencha sur Haakon. Il avait les jambes roussies, mais sa seule blessure était la bosse là où Sekness l'avait matraqué. Il gémit lorsque Dumarest le gifla.

— Qu'est-ce...

— Lève-toi ! Mets-toi contre le bord et sois malade si tu veux, mais bouge-toi. Lève-toi, bon Dieu ! Lève-toi !

— Ma tête ! (L'homme se leva péniblement, les yeux injectés de sang, plié en deux par la douleur.) Où est donc Arion ?

— Mort et par-dessus bord. Tu as eu de la chance. Fais en sorte que ça ne change pas. (Dumarest regarda la femme.) Donne-lui un peu d'eau, des médicaments si tu en as. Je veux que tous les yeux soient ouverts et fassent le guet. Quand les Melevganiens arriveront, je veux qu'on les aperçoive avant qu'ils ne nous remarquent.

Ils arrivèrent alors que l'appareil approchait du sommet des montagnes, rectangle noir devant les étoiles, volant haut, vite et dans l'intention de tuer. Des heaumes à plumets apparaissaient aux bords et l'éclat stellaire étincelait sur la pointe des lances qu'ils brandissaient.

— On pourrait descendre, Earl, dit Tambolt. Se servir des montagnes comme bouclier.

— Non.

— Cela nous donnerait une chance. (La voix de Tambolt était ferme, sa demi-ivresse dissipée par la tension.) Nous pourrions même atterrir.

Possibilité envisagée et rejetée par Dumarest. Ils pourraient atterrir, se cacher, attendre le jour et espérer qu'ils ne se feraient pas repérer. Mais c'était se fier un peu trop à leur bonne étoile que d'atterrir en pleine nuit parmi ces montagnes déchiquetées.

— Non, répéta-t-il. Nous ne pouvons descendre davantage. Car si nous le faisons et qu'ils nous repèrent, nous serons coincés contre la montagne.

— Espérons donc qu'ils ne nous verront pas. Espérons... et prions.

Il leva les yeux, les poings serrés tandis que l'autre chaloupe passait au-dessus d'eux.

— Ils nous ont ratés. Earl, ils... (Il s'interrompit et jura comme une lumière éclatante les entourait.) Qu'est-ce que c'est que ça ?

Une fusée éclairante lâchée par l'autre appareil, descendant en parachute et les baignant dans le rougeoiement aveuglant du magnésium en train de brûler. Il ne leur restait que quelques secondes avant qu'une pluie de feu tombât du ciel.

— File ! lança Dumarest à Jasken tandis qu'il arrachait le fusil des mains de Sekness. Preleret, abats cette fusée !

Il mit un genou à terre, visa la chaloupe et les têtes casquées derrière les lances étincelantes, étrécissant les yeux face à l'éclat éblouissant. Le fusil lui heurta l'épaule lorsqu'il envoya un flot de balles dans les visières fendues. Des projectiles jaillirent à côté de lui lorsque Tambolt l'imita, tentant de détruire les hommes en armure avant qu'ils eussent pu ouvrir le feu.

Preleret grogna, visa, tira, puis tira encore. La fusée explosa en une averse de fragments brûlants qui tombèrent en mourant.

— Vite, Jasken ! Passe sous eux !

Dumarest lâcha le fusil vide et s'empara d'une lance. Haakon se leva en titubant.

— Un fusil, dit-il. Qu'on me donne un fusil.

Sa tête se désintégra. Dans l'explosion du projectile, sa poitrine s'ouvrit en un amas de sang, de côtes, et de bouts de poumons. Une pluie de projectiles suivit, qui passa sur le côté comme Jasken virait de bord. Sekness lâcha un cri, regarda le trou béant dans son flanc, puis, sans un mot, bascula par-dessus bord. Un projectile plus précis ou plus chanceux avait explosé contre l'arrière, là où il s'était tenu.

Deux nouvelles fusées illuminèrent la nuit. Dumarest n'en tint pas compte et se concentra sur son objectif. Une fleur enflammée apparut à la base de l'autre appareil, arrachant le métal là où il avait jugé que devaient se trouver les commandes. Il continua d'appuyer sur le bouton pour tirer à travers le trou déchiqueté.

Il entendit des cris et le bruit du métal torturé. Un Melevganien passa par-dessus bord en gémissant dans sa chute. Un autre se pencha, grotesquement déformé, et ils reçurent une averse de liquide gluant. La chaloupe donna encore de la bande et tourna paresseusement.

— Dessous ! lança Dumarest. Reste dessous ! Preleret ! Surveille le trou que j'ai fait et abats tous ceux qui risquent de l'utiliser pour nous tirer dessus.

— Il ne me reste presque plus de munitions, Earl !

— Alors tire à coup sûr. Prends une lance si nécessaire.

Il écarta celle dont il venait de se servir. Il en restait deux : celle de Tambolt devait être presque vide, l'autre était chargée. Dix projectiles. Cela devait largement suffire.

— Earl ! lança Jasken.

L'autre appareil avait encore pivoté, remontant légèrement en s'écartant. Puis il tomba brutalement.

Dumarest tira en voyant les lances levées, visant, non pas les heaumes, mais le bord du véhicule. Le plus important, c'était que les explosions étourdissent les Gardiens. La lance manquait de précision et il ne pouvait gaspiller ses munitions sur ces cibles fuyantes.

La rapidité était leur seule défense. Six lances se braquèrent sur lui. Dumarest tira aussitôt et envoya autant de projectiles que possible contre la chaloupe au moment où il entendit la détonation du fusil de Preleret et le cri hystérique de Tambolt.

— Ecarte-toi, merde ! Pour l'amour de Dieu, fiche le camp !

Dumarest sentit l'appareil tomber sous ses pieds quand Jasken coupa la puissance. Une lance se leva alors et lâcha des flammes. Un trait de feu frôla la tête de Dumarest ; un autre se termina derrière lui en une boule de flammes. Deux autres se dirigèrent vers Jasken, un troisième explosa dans le métal à côté de lui.

La forme en armure se désintégra alors en chair et métal brûlants lorsque Dumarest tira. Il lui restait trois projectiles. Il les envoya tous dans la chaloupe ennemie, là où il estimait que devait être situé le moteur. Les explosions se transformèrent en une flamme immense tandis que l'appareil désemparé se retournait et lâchait des pantins désarticulés qui allèrent se fracasser en hurlant sur les roches.

— Earl !

Jasken était mourant, sa voix n'était plus qu'un mince filet de douleur intense. Il était tapi contre le plat-bord de la chaloupe, une mare de sang autour des pieds issue des blessures béantes produites par les fragments qui lui avaient ouvert l'estomac.

— Les commandes, Earl. Je ne peux plus tenir les commandes !

— Prends-les, dit Dumarest à Tambolt. Neema ?

Elle avait été blessée, elle avait du sang sur l'épaule et le devant de la robe, son bras gauche pendant mollement contre le flanc. Elle s'agenouilla, examina le mécanicien et se releva en hochant tristement la tête.

— Je ne peux rien faire pour lui, Earl. Un projectile a touché ma mallette. Et moi aussi. Nous n'avons plus de médicaments, rien qui puisse apaiser sa douleur. Il souffre. Mon Dieu, il souffre terriblement et nous ne pouvons rien faire pour lui !

Rien sauf appuyer les doigts sur la carotide et le plonger rapidement dans l'inconscience et l'oubli. Dumarest posa l'homme sur le plancher de la chaloupe à côté de Haakon.

— Nous l'enterrerons quelque part, dit-il. Sous un arbre, avec une pierre tombale.

Tambolt demanda :

— Sur la route de Sargone ?

— Sur la route de la Vallée de Charne, répondit Dumarest d'une voix égale. Il faut toujours que je retrouve Jondelle.

CHAPITRE XVI

Konba Tach se leva comme d'habitude un peu avant l'aube, mangea le repas que lui avait préparé sa femme, puis alla s'occuper de sa ferme accrochée au flanc de la montagne. La journée, il le sentait, allait être parfaite. Déjà, la brume qui emplissait la vallée à chaque coucher de soleil commençait à se dissiper, baissant pour révéler les autres fermes et, plus bas, une série de petits champs péniblement aplanis, murés et cultivés soigneusement. Des pois d'unga, surtout, avec quelques klwem, des artah et aussi des plants de prenchet qui fournissaient un narcotique bien utile. Il y avait aussi des herbes qui servaient à la fabrication de tisanes, des herbes hautes que l'on pouvait battre, teindre et tisser en toiles délicates. Et des fleurs. Partout, dans la vallée, poussaient des fleurs.

Il se pencha sur une fleur gonflée et en inhala le parfum suave. Il se releva et regarda la chaloupe qui était arrivée avec le soleil.

Ce n'était pas un véhicule de la région. La coque était meurtrie, déchiquetée, le métal portait des marques de violence. Ceux qui se trouvaient à bord n'étaient pas en meilleur état : une femme pâle, le bras gauche bandé et en écharpe... l'homme à son côté, grand, vêtu de gris, le regard aux aguets... deux autres qui se laissèrent tomber au sol, comme épuisés. Des voyageurs venus de loin, présuma Konba Tach. Des étrangers à la vallée. Peut-être avaient-ils été surpris par un des orages si fréquents sur la Plaine de Wendelt. Mais peu importait qui ils étaient ou pourquoi ils étaient dans cet état : la coutume exigeait qu'il leur offrît de la nourriture et des rafraîchissements, l'hospitalité de son foyer.

Il s'inclina et les salua.

— Etrangers, vous êtes les bienvenus.

— Ceci est-il la Vallée de Charne ?

— Oui. Je m'appelle Konba Tach. Ma femme et mes enfants ne sont pas encore au travail, mais je vous salue en leur nom. Si vous le voulez bien, j'aurai l'honneur de pourvoir à vos besoins.

— Tu es trop aimable, répondit Dumarest.

Les plantes bien rangées trahissaient la pauvreté qui devait exister en ce lieu, exigeant que le moindre centimètre carré fût utilisé à bon escient.

— Nous acceptons avec plaisir ton offre de rafraîchissements. As-tu de l'eau chaude ? Des pansements ? (Il indiqua Neema.) Cette femme a été blessée.

— Ceci vous sera fourni.

Konba Tach haussa la voix pour donner des ordres à la femme qui regardait par la porte ouverte de la maison collée au flanc de la montagne.

— Maintenant, si vous voulez bien me suivre ?

Ils se lavèrent dans une baignoire à moitié pleine d'une eau glacée, bain à la fois rafraîchissant et stimulant les appétits. La nourriture était très chaude, consistant en haricots aromatisés aux herbes mélangés à de succulents fragments de légumes pulpeux. Cela remplissait l'estomac mais était loin de fournir l'énergie nécessaire. Ce régime à protéines réduites était un poison mental pour une intelligence en pleine croissance. C'était peut-être la raison pour laquelle Konba Tach demeurait dans sa ferme, son fils le suivrait et ses filles continueraient à mener la même vie. Une famille coincée dans les coutumes de leurs aïeux, luttant sans répit pour subsister sur un lopin de terre collé à flanc de montagne au lieu de tenter sa chance dans les plaines plus fertiles.

Ils semblaient néanmoins assez heureux, la maison propre, les enfants nets, la femme prompte à débarrasser la table et leur fournir des tasses de tisane odorante.

— Excellent, dit Tambolt. Premier repas chaud depuis longtemps. N'est-ce pas, Earl ? Combien de temps ? Dix jours ?

— Douze, répondit Preleret. (Sa main trembla un peu quand il leva la tasse.) Dix jours depuis que nous avons enterré les autres.

Une éternité pour un voyage sans provisions. Ils avaient bu quand ils avaient trouvé de l'eau et mangé quelques racines et des baies dépourvues de jus, toujours aux aguets, craignant d'apercevoir des appareils melevganiens.

Tambolt se reversa de la tisane.

— Enfin, on y est arrivés. On est désormais en sécurité. On va pouvoir faire réparer la chaloupe ou en acheter une autre et se diriger vers Sargone. Exact, Preleret ?

— Quand Earl le voudra.

— Le gamin. (Tambolt fronça les sourcils.) La Vallée de Charne mesure près de cinq cents kilomètres de long. Elle possède une grande ville et deux plus petites et Dieu seul sait combien de fermes. Comment diable allez-vous retrouver un petit garçon dans un endroit pareil ?

— S'il est ici, nous le découvrirons, répondit Dumarest. (Puis, à l'adresse de Neema :) Jetons un coup d'œil à ce bras.

Il était gravement blessé. En dessous des bandages incrustés de sang, la chair était déchirée, incrustée de minuscules fragments du projectile qui avait explosé, les tissus sensibles et enflammés. Dumarest baissa la tête en reniflant et perçut l'odeur écœurante de putréfaction. Il prit de l'eau et des pansements, le visage impassible.

— C'est grave, commenta Tambolt. Si elle ne fait pas attention, elle risque de perdre le bras, voire la vie. A l'hôpital de Sargone, elle recevrait les soins appropriés.

— Elle les recevra, dit Preleret. Ils doivent avoir des médecins dans la Vallée.

— Bien sûr, mais...

Tambolt s'interrompit, le regard songeur. Comme Dumarest terminait son pansement, il demanda :

— Earl ? Est-ce que je peux te dire quelque chose ? En particulier ?

Une fois à l'extérieur, ils marchèrent jusqu'à la chaloupe qui reposait sur le gazon écrasé. La brume avait encore baissé et révélait le fond de la vallée, la vapeur formant des plumets qui dissimulaient les contours des bâtisses qui ressemblaient à des jouets réduits par l'immensité des montagnes.

Tambolt les considéra un instant, puis demanda :

— Earl, quelle est exactement la position de Preleret ? Je veux parler de notre marché.

— Un marché ?

— L'argent que tu espères tirer du gamin. Je sais que tu le cherches et je te suivrai jusqu'au bout. Nous nous sommes bien débrouillés, jusqu'à présent, mais nous pouvons facilement doubler le magot. Ce gosse doit valoir une fortune pour ceux qui le détiennent. Une fois que nous aurons découvert la marchandise, nous...

— Jondelle n'est pas une *marchandise,* fit sévèrement Dumarest. C'est un enfant. Ce n'est pas un objet qu'on doit trouver et donner au plus offrant. Il a été enlevé, sa mère abattue, son beau-père tué. Ce n'est pas un sac de pierres précieuses ou un ballot d'objets volés. C'est un être humain. Rappelle-toi bien ça.

— Bien sûr, fit aussitôt Tambolt. Ce n'était qu'une

façon de parler. J'éprouve pour ce gosse la même chose que toi. Mais que vient faire Preleret dans notre histoire ?

— Il est prêt à nous aider.

— Gratis ? (Tambolt haussa les épaules.) Enfin, je te laisse seul juge, Earl. Peut-être qu'on pourrait lui donner quelque chose pour sa peine. Une part, un dixième, disons ; je suis plutôt pour. Mais s'il se montre plus avide, il faudra qu'on s'en débarrasse. Entendu ?

Dumarest baissa les yeux sur ses mains. Il agrippait le rebord de la chaloupe et les phalanges étaient blanches. Il s'éloigna et marcha jusqu'au mur pour contempler les blocs de pierre, les lichens minuscules en train de pousser dans la terre accumulée dans les fissures.

— D'abord, il faut trouver le petit, dit-il. Ce que nous ferons avec ce que j'aurai obtenu pour lui peut attendre, mais je te promets ceci : la moitié de ce que j'en tirerai sera pour toi. Je m'occuperai de Preleret.

— Ça me convient, Earl. Et le reste ? Ce que nous avons tiré des marchandises ?

— Une fois les frais déduits, nous le partagerons en trois.

— En trois ? (Tambolt se renfrogna.) Cela me semble élevé. Un peu trop pour un homme sorti tout droit de la ville basse. Pourquoi ne pas lui payer le passage en Haut que tu lui avais promis ?

— Il aura un tiers, lâcha Dumarest. Après déduction des frais. Sans lui, Tambolt, on serait morts. Son fusil nous a donné l'avantage au moment où nous en avions le plus besoin. Un tiers et plus de discussion.

Tambolt haussa les épaules.

— Très bien, Earl. C'est toi le patron.

— Oui. Ne l'oublie pas.

Preleret était endormi lorsqu'ils revinrent à la maison. Il était affalé sur la table, la tête nichée entre les bras, son ronflement impressionnant. Il se réveilla et cligna des yeux lorsque Dumarest lui toucha l'épaule.

— Earl ?

— Va te tremper la tête dans le baquet, dehors. On part. Tu pourras dormir plus tard dans un lit confortable avec des draps propres. (Dumarest se tourna vers Neema.) Comment te sens-tu ?

— Dans les vapes. (Elle montra une cosse jaune et en mâcha une autre.) Notre hôtesse m'a donné quelque chose pour apaiser la douleur. Et ça marche, mais je me sens détachée de tout, comme si je flottais.

— Du prenchet, expliqua Konba Tach. C'est un excellent réconfort en période de détresse. (Son regard s'élargit en voyant la pierre que Dumarest avait placée dans sa paume.) Monseigneur ?

— Un cadeau. Pour toi, ta femme et tes enfants.

Dumarest savait bien qu'il ne pouvait payer l'hospitalité qu'ils avaient reçue. Tout pauvre qu'il était, leur hôte avait sa fierté.

— Des vêtements, des outils et des graines. De l'argent pour trouver une nouvelle ferme, suggéra-t-il. Une terre fertile et des animaux pour avoir de la viande sur la table. Si tu l'acceptes, tu m'honoreras.

Konba Tach s'inclina en dissimulant l'éclat dans son regard.

— Vends-la à un homme honnête, lui conseilla Dumarest. Mieux encore, dépose-la comme garantie dans une banque... Où se trouve une taverne appelée la Sumba ?

— Je l'ignore, Monseigneur. Je quitte rarement la ferme et nous n'avons pas d'argent pour ce que l'on trouve dans les tavernes.

— Et un docteur ?

— Gar Cheng est un brave homme. Descendez jusqu'au fond de la vallée et dirigez-vous vers l'ouest ; il habite une maison à trois étages. A pied, le voyage prend une journée. Avec une chaloupe, moins d'une heure. (Il s'inclina encore.) Monseigneur, puisse la fortune suivre tous tes pas.

— Et puisse le bonheur emplir tes jours.

***

Gar Cheng ressemblait à une petite tortue ratatinée ; il avait le cheveu rare et une bouche qui donnait l'impression d'avoir goûté quelque chose de pourri. Il siffla en examinant le bras de Neema, ses yeux sombres accusateurs en se posant sur Dumarest.

— Cette femme aurait dû être soignée immédiatement. Négliger une telle blessure est inexcusable. Pourquoi avoir attendu aussi longtemps ?

— Nous n'avions pas le choix, docteur. (Le narcotique qu'elle avait mâché rendait sa voix pâteuse.) Et nous n'avions ni médicament ni prophylactiques. N'en veuillez pas à Earl, prenez-vous-en aux circonstances.

Elle se mit à glousser.

— Du prenchet, expliqua Dumarest. Elle en a mâché une gousse avant que j'aie pu l'en empêcher. (Il lui tendit l'autre.) C'est grave ?

— Peu désirable. A l'état brut, le prenchet est un narcotique puissant qui produit l'accoutumance. Je me demande parfois comment font les fermiers des collines pour arriver à résister à son attrait. (Le médecin haussa les épaules.) Mais peu importe. Le mal a été fait et du moins aura-t-elle des rêves intéressants. (Il sonda la chair déchiquetée.) Vous avez de l'argent ?

— Oui.

— Parfait. Autrement, je la traiterais quand même, mais je me contenterais alors d'amputer. Par la suite, vous pourriez acheter une prothèse ou une greffe, mais cela ne dépendrait que de vous, bien entendu. Je peux par contre procéder à des opérations chirurgicales qui, combinées à l'utilisation des hormones et du ralentisseur temporel, répareront les dégâts. Un tel traitement est coûteux. A part le dédommagement dû pour la mise en œuvre de mes connaissances, il y a d'autres choses à payer et ce qu'il me faudra n'est pas bon marché.

— Prenez-les, dit Dumarest. Faites tout le nécessaire. Elle peut payer.

— D'avance ? (Gar Cheng se rembrunit devant les gemmes que Dumarest plaça dans sa main.) Je ne suis pas joaillier. Ces pierres ne signifient rien pour moi. Vous n'avez pas d'argent liquide ?

Neema gloussa de nouveau.

— Qu'est-ce qu'il veut, Earl ? De l'argent ?

Elle tira sur la ceinture qu'elle portait autour de la taille. Elle révéla des étincelles de bijoux, des éclats de métal.

— Voilà de l'argent. Combien veux-tu ? Cinq cents stergals ? Mille ? Sers-toi.

Dumarest prit une poignée de pièces.

— Deux cents, dit-il en comptant. J'en ai besoin. Ça ira, Neema ?

— Bien sûr. (Elle oscilla, ses yeux se fermèrent.) Tout ce que tu voudras, Earl. Tout ce que tu voudras. Moi, le butin, tout. Demande-le et cela t'appartient.

Gar Cheng prit la ceinture des mains de Neema. Elle était molle, elle respirait profondément, déjà perdue dans ses rêves de droguée.

— Je m'occuperai de ceci. Par la suite, quand elle ira mieux, elle pourra régler mes honoraires et le reste. En attendant, si vous voulez bien m'excuser, j'ai beaucoup à faire et il ne faut plus perdre de temps.

A l'extérieur, les autres attendaient dans la chaloupe. Preleret était endormi ; Tambolt hocha la tête lorsque Dumarest s'assit aux commandes. La réaction se faisait sentir : l'effet de la nourriture, le soulagement de leur arrivée sains et saufs dans la Vallée de Charne. Dumarest avait l'impression d'avoir du sable dans les yeux, il se sentait vidé. Il voulait découvrir la taverne, le géant et le gamin, mais la prudence incitait au repos.

Le géant avait tué et pouvait encore tuer. Il serait en

pleine forme et se méfierait peut-être des étrangers. Contre lui, un homme épuisé aurait peu de chances et un homme mort ne pouvait secourir Jondelle.

— Et maintenant, Earl ? demanda Tambolt.

— On dort, répondit Dumarest d'un ton décidé. Quelques heures au moins.

— Et ensuite ?

— Nous irons chercher la Sumba.

CHAPITRE XVII

Ce n'était pas ce à quoi il s'attendait. Le Charnien dans la mine l'avait appelée une taverne, mais c'était bien davantage. Un lieu immense plein de bars, de bains et de chambres discrètes... d'espaces libres et d'amusements, de fontaines et de lanternes qui tintaient. Dans la brume, elle paraissait fantomatique, irréelle, des taches de lumière apparaissant pour disparaître dans des nuées de couleurs qui s'altéraient, d'autres florissant pour les remplacer. De jour, c'était un complexe labyrinthin de salles, de pièces, d'allées couvertes, un palais féerique de musique, de parfum et d'énigmes profondes pendant la nuit.

— Un seul homme, fit Tambolt, dans un endroit pareil !

— On le trouvera. S'il est ici. Tu t'y connais, pour ça, Tambolt. Et tu as des yeux et des oreilles, toi, Preleret. Baladez-vous, regardez, posez quelques questions. Vous cherchez une espèce de géant. Heeg Euluch. Si vous le repérez, ne lui parlez pas et essayez de ne pas éveiller les soupçons.

— Et si on le trouve ? demanda Preleret.

— Il y a un bar, le Paradisa. Si je n'y suis pas, attendez-moi. J'y viendrai aussi souvent que possible. Allez, maintenant. On a assez perdu de temps.

Trop de temps, songea Dumarest tandis qu'ils s'éloignaient, se fondant presque aussitôt dans la brume tourbillonnante. Une journée entière... et pourtant il n'y avait rien eu d'autre à faire. Il leur fallait du repos et un endroit comme la Sumba ne s'éveillait pas vraiment avant la nuit. Si Euluch suivait les habitudes des gens de sa sorte, c'était maintenant la meilleure heure pour le trouver.

Il s'avança prudemment en entendant de l'eau gargouiller à sa droite et un gros soupir à sa gauche. Des fontaines et des jets de bulles, tous deux dépourvus de leur magie visuelle du fait de la brume tenace. Le revêtement de l'allée changeait régulièrement. Un employé aux yeux cachés par des lunettes antibrouillard apparut à côté de lui. Il portait une matraque.

— Vous êtes égaré, Monsieur ?

— Un peu.

— Vous êtes donc nouveau à la Sumba. Pour une oreille sûre, les sentiers indiquent quelle direction prendre. La musique du palais de la joie, de la lumière, enchanteresse et un peu plus sombre au retour. Pour aller aux salles de jeu, c'est le cliquetis très net des pièces, le claquement familier des dés. Pour aller aux bars, c'est le gargouillis du vin et le susurrement des voix. Une introduction on ne peut plus habile, vous l'admettrez. Mais il faut dire que la Sumba n'est pas un endroit comme les autres.

— En effet.

— Bien entendu, pour celui qui se soucie peu de parcourir la nuit, le complexe intérieur offre mille et une salles de délices intrigants. Si je puis vous guider, Monsieur, je vous montrerai le chemin.

— Je me contenterais de jeter un coup d'œil. Cela est-il possible ?

— Durant la journée, très certainement. La nuit ? (Le personnage haussa les épaules.) La brume abrite une magie qui ne doit pas être dissipée. Une compagne agréable acquiert un mystère supplémentaire au sein des vapeurs de Charne. Se balader le long des allées est une aventure pour le pied et l'oreille, chaque pas empli d'une romance potentielle. Il est ici des dames, Monsieur, d'une qualité supérieure, et qui n'aimeraient guère être exposées à l'œil qui regarde trop fixement et trop longuement. La discrétion est chose primordiale et dans la Sumba nous sommes extrêmement discrets. Promenez-vous, Monsieur, mais n'intervenez point. C'est la règle et les règles ne doivent pas être enfreintes. Ceux qui sont enlacés dans la passion de l'amour doivent être assurés que nul ne peut voir mieux qu'ils ne le font. Et l'amour sur les divans moelleux entre lesquels seul un pied curieux peut se frayer un chemin est facile à trouver pour qui sait attendre.

Des mégères rôdaient dans la brume, impatientes de se vendre pour satisfaire des désirs charnels... peut-être parfois davantage que des mégères... Mais les gardes se chargeaient certainement de ce genre de personnages grâce à leurs lunettes et leurs matraques. Ici, les riches et les dépravés devaient être à l'abri de ceux qui étaient prêts à voler sans finesse.

— C'est très grand, dit Dumarest.

On l'avait pris pour un étranger avide d'amusement tranquille. Une excuse toute prête et une protection naturelle.

— Extrêmement grand, acquiesça le garde. Si vous le désirez, je pourrais vous trouver une compagnie agréable. Une fille d'Ikinold, peut-être.

— Ou un garçon de Relad ?

Un instant, l'homme hésita, puis répondit à regret :

— Un garçon, Monsieur, mais pas de Relad. Est-ce que...

— Plus tard, fit rapidement Dumarest. D'abord, je vais examiner l'intérieur. Si vous voulez bien me guider.

Trois portes polarisées pour que la lumière ne sorte

pas empêchaient la brume d'entrer. A l'intérieur, il faisait chaud et sec, et une légère impression de vapeur entachait la clarté de l'air. Le Paradisa est une portion transposée de jungle avec une fausse végétation qui couvrait les murs et le plafond, une douzaine de variétés de fruits, des simulacres mécaniques qui bougeaient, regardant de derrière les feuilles et les troncs pour disparaître dès qu'on les apercevait. L'air était chargé d'odeurs tropicales, vibrant sous le martèlement presque audible des tambours, de la pluie et d'un tonnerre lointain.

Des troncs d'arbres coupés constituaient le bar, les boissons étaient servies dans du plastique imitant les coques de fruits. Dumarest passa commande et chauffa le verre entre ses mains. Il n'eut pas à attendre longtemps. Une fille qui ne portait qu'un collier et une robe en peau synthétique qui laissait nus une épaule et un sein, vint s'asseoir à son côté. La robe était fendue jusqu'à la taille et révélait le miroitement soyeux de sa cuisse. Elle avait le dessus des pieds peints en bleu, les ongles en rouge et la plante en vert pâle. Le motif se prolongeait sur son corps et donnait à son visage une apparence de masque.

— Tu es seul, dit-elle. Dans la Sumba, personne ne devrait être seul. Pour un stergal, je te parlerai trente minutes. Pour dix je serai à toi et tu feras de moi ce que tu voudras.

— Je cherche un ami à moi. Peut-être le connais-tu. Un géant. Heeg Euluch.

— Tu peux m'appeler Odenda. Pour un stergal je te parlerai trente minutes.

— Va au diable.

Dumarest surprit le regard du barman et lui fit signe d'approcher. L'homme le considéra d'un air absent comme il répétait sa question.

— Euluch ? Jamais entendu parler de lui. Vous voulez un autre verre ?

Dumarest laissa tomber une pièce sur le zinc.

— Pas un verre. Rien que des réponses. Si vous connaissez ce géant, dites-lui qu'un ami veut le voir. Je vais tourner un peu.

Il avait dit aux autres de se montrer prudents, mais il n'essayait pas de l'être lui-même. Il traversa les salles, acheta des verres qu'il ne désirait pas, posa toujours la même question et reçut toujours la même réponse. Nul ne connaissait le géant. Nul ne connaissait quiconque du nom de Heeg Euluch. Mais quelqu'un ferait circuler la rumeur et peut-être l'homme serait-il assez curieux pour se montrer.

S'il était ici. Si l'homme de la mine lui avait dit la vérité. S'il ne perdait pas purement et simplement son temps.

De retour au Paradisa, il découvrit Preleret qui l'attendait. Il surprit le regard de Dumarest, vit le léger signal et hocha la tête. Tambolt entra un instant plus tard. Il sourit à Odenda, puis considéra Dumarest avec stupéfaction.

— Earl ! Que diable fais-tu ici ? Je pensais que tu étais occupé à... enfin, tu sais. Comment t'en es-tu tiré ?

— Fort bien. J'ai eu de la chance. Mais pas Famur. Le grand costaud et Urlat se sont enfuis. Tu veux boire quelque chose ?

Tambolt but. Odenda s'approcha de Dumarest et glissa le bras sous le sien. Elle dit avec douceur :

— Un stergal et nous bavardons. Dix et tu fais joujou, si c'est là ce que tu désires. Vingt et je te dirai tout ce que tu veux savoir.

— Je t'ai déjà dit...

— ... d'aller au diable. Oui, je sais. Nous parlons affaires, ou quoi ?

Dans le visage peinturluré, les yeux étaient durs, les lèvres entrouvertes révélant des dents trop blanches et trop acérées. Dans la lumière douteuse du bar, elle rappela à Dumarest une Melevganienne.

— Vingt stergals pour être introduit auprès d'un homme avec qui je veux discuter d'affaires ? Tu dois être dingue ?

— Dix, alors.

— Cinq… payables après que nous nous serons rencontrés.

— Quand ça se fera, je ne serai pas là. Donne-moi l'argent. (Elle le fourra quelque part dans sa robe.) Heeg Euluch est un géant sous plus d'un rapport. Il possède une partie de la Sumba. Es-tu vraiment un ami à lui ?

— L'argent est un ami. Je peux l'aider à en gagner.

— Tu as intérêt, sinon prépare-toi à prendre tes jambes à ton cou. (Elle haussa les épaules comme Dumarest ne faisait pas mine de bouger.) Enfin, c'est ta peau. Va à la salle de jeux. Fais une petite partie de spectrum. Et attends.

***

Le jeu contenait sept cartes tirées en deux fois, le but étant de réaliser un spectre des couleurs complet, le rouge étant la carte la plus basse et le violet la plus haute. Un jeu aux variables trop nombreuses pour plaire à Dumarest, mais il s'engagea dedans comme elle le lui avait dit. Au bout de trente minutes et cent stergals de gagnés, une voix lui chuchota à l'oreille :

— Très bien, M'sieur. Vous voulez voir Heeg Euluch. Accompagnez-nous.

Ils étaient deux, jeunes, minces, l'arrogance de ceux qui ont l'habitude du pouvoir. Ils le conduisirent dans de longs couloirs, franchirent des portes et pénétrèrent dans une pièce vide. Une autre porte et il se retrouva face à un homme derrière un bureau. Un géant aux cheveux plaqués sur le crâne. Les yeux presque perdus dans les replis de graisse, le tissu de la chemise tendu sur les épaules.

Lorsque les hommes qui avaient accompagné Dumarest refermèrent la porte derrière eux, il déclara :

— Vous désiriez me voir ? Je suis Heeg Euluch.

Dumarest fronça les sourcils. Par rapport à son souvenir, la voix était trop aiguë, même en tenant compte de la distorsion produite par le casque. Il y avait aussi une certaine mollesse dans les épaules et une faiblesse dans le menton.

— Lève-toi, dit-il.

— Quoi ? Mais...

— Debout, lança Dumarest. Plus vite !

L'homme lâcha un grognement, se leva pour se tenir derrière le bureau. Il était imposant, sa panse bien ronde, flasque, les cuisses semblables à des troncs d'arbres.

— Très bien, fit Dumarest. Il faut être poli et se lever quand on accueille un visiteur. Maintenant, mettons un terme à cette mascarade. Tu n'es pas Heeg. Où est-il ?

L'homme haussa les épaules.

— Ne le prends pas aussi mal. Il fallait que nous nous assurions que tu le connaissais. Heeg ! Tu peux venir.

Une porte s'ouvrit au fond et un géant entra dans la pièce.

Il était énorme, du muscle là où l'autre avait de la graisse. La tête était dominatrice, les traits durs, la bouche une balafre de sauvagerie au-dessus de l'avancée de la mâchoire. Un homme pour qui n'étaient rien le meurtre, la tricherie, l'abandon de ceux qui travaillaient avec lui, l'enlèvement d'un enfant... si, grâce à cela, il pouvait en tirer un avantage personnel.

— Je suis Heeg. (Sa voix était grave, sonore.) Tu sembles me connaître, mais moi je ne te connais pas. Qui t'a dit où me trouver ?

— Sheem. Il n'était pas heureux de la façon dont tu l'as abandonné.

— C'est son problème. Et puis ?

— Je me demandais ce qui était arrivé à Chen Urlat. On avait une affaire en train.

— Tu peux l'oublier. Urlat est mort.

Urlat et les deux autres qui se trouvaient à bord de la chaloupe. Les Melevganiens qui avaient probablement eu droit à un coup de laser en même temps qu'Urlat, puis avaient été passés par-dessus bord pour que le géant reste indiscutablement seul possesseur de Jondelle.

— Je suis venu acheter quelque chose... tu sais de quoi je veux parler. Es-tu prêt à le vendre ?

— Peut-être.

Les yeux durs se firent songeurs. Heeg s'adressa à l'homme gras.

— Tu as du travail. Au boulot.

— Mais, Heeg...

— Et fais-nous apporter du vin. Du balai !

— Bien, fit Dumarest comme l'homme sortait. Nous n'avons pas besoin de témoins. Tu as le gamin ?

— Et si je l'ai ?

— Je l'achète. Dix mille stergals. L'argent liquide en main dès demain midi. Affaire conclue ?

— Il y a une porte derrière toi. Tu peux la franchir.

— Très bien. Je misais bas. Tu ne peux m'en vouloir pour ça. Livre-moi l'enfant et je te donnerai vingt mille stergals.

Il avait frappé juste. L'homme se renfrogna, la cupidité brillant dans son regard, puis il hocha la tête.

— J'en veux trente mille.

Les enchères montaient et Dumarest se détendit. L'homme pouvait mentir et l'enfant avoir été remis à quelqu'un d'autre. Mais Dumarest en doutait. Un type de ce genre devait faire monter les enchères même pour ceux qui l'avaient engagé. A moins qu'il n'essaie de bluffer et que l'enfant ne fût mort. Il sentit la tension revenir lorsque cette pensée lui retraversa l'esprit. Il fit un effort pour demeurer calme.

— Tu es trop exigeant. Il faut quand même que j'aie mon petit bénéfice. Bien entendu, si tu veux le remettre à qui de droit et te faire avoir, c'est ton affaire. Combien t'a-t-on proposé ? Dix mille ? Douze ?

Il surprit la tension révélatrice, les minuscules signes qui trahissent l'homme et que Dumarest avait appris à reconnaître après avoir passé des heures et des heures à examiner les visages aux tables de jeux.

— Je t'offre un bon bénéf sans risque. Tu me remets le gosse et je m'occupe du reste. (Il marqua une pause et ajouta nonchalamment :) Sais-tu qui a organisé ceci ?

— Tu es malin. Foutrement trop malin. Disons vingt-cinq mille.

— Vingt mille.

Ce serait commettre une erreur que de céder si vite.

— Je pourrais facilement obtenir ça rien qu'en attendant un peu. Et puis, pourquoi faire affaire avec toi ? Je ne te connais pas. Pourquoi accepterais-je ta parole ?

— Quelle parole ? (Dumarest haussa les épaules.) L'argent ? Tu ne me remettras pas l'enfant tant que tu n'auras rien reçu. Tu ne me connais pas ? Qu'est-ce que ça peut bien foutre ? Je te connais et je sais ce que tu as fait. Tu as brûlé le feu, c'est tout. Tu m'as devancé. Ça peut arriver. Tu passes ton temps à préparer une transaction et voilà que quelqu'un te passe devant. Mais tu es sous-payé. Pourquoi donc ne pas se passer de l'intermédiaire ? Je suis prêt à acheter ce que tu détiens. Vingt mille. Conclu ?

Heeg se rembrunit. C'était un costaud qui s'appuyait sur la force brute plutôt que l'agilité mentale, un homme cupide et par là même faible.

— Ajoutes-en cinq mille et le petit est à toi. C'est mon dernier mot. Tu acceptes ou tu laisses tomber.

— J'accepte, mais il faut d'abord que je le voie. (Dumarest affronta le regard de l'autre homme.) Je veux m'assurer qu'il est encore en vie, dit-il froidement. Mort, il est inutile à moi comme à toi. Je n'ai pas l'intention d'acheter quelque chose que je ne peux pas vendre. Où est-il ?

— Ici, répondit le géant. Dans la Sumba. Dans le Mirage.

CHAPITRE XVIII

Il paraissait tout petit et très pathétique, assis dans la petite pièce qui ne contenait qu'un lit, un tapis et une unique chaise. Il portait une combinaison d'un vert terne, des chaussures pointues, les perles à son cou constituant la seule note de gaieté. Instinctivement, Dumarest fit un pas vers lui et gémit en entrant en collision avec une surface lisse et rigide.

Heeg éclata de rire.

— Chouette, hein ? Tu vois le gosse, mais il ne peut pas te voir. Tu peux le surveiller, mais tu ne peux ni le toucher ni lui parler. Bon, il est là. Vingt-cinq mille et il est à toi. Satisfait ?

— Non.

Dumarest tendit la main et toucha la surface qui représentait l'enfant. Un miroir, présuma-t-il, qui reflétait une scène relayée par d'autres miroirs et des lentilles. Il leva les yeux et vit un disque de lumière.

— Ce pourrait être une projection. Le gamin est peut-être mort et ceci n'est qu'un enregistrement.

— Ce n'est pas le cas.

— Il faut que j'en sois sûr. Je veux toucher l'enfant, lui parler.

— Tu veux foutrement trop de trucs, lâcha Heeg. Tu as vu la marchandise. Tu pourras lui parler quand je verrai le fric. Ici demain à midi et on fera l'échange. Maintenant, fous le camp. Cette porte te permettra de sortir.

La brume était épaisse, collante, maintenant que la nuit était avancée et l'air glacial. Dumarest entendit l'allée crisser sous ses pieds en un bruit de cristaux brisés, lui rappelant un peu trop les larmes d'un enfant. Jondelle avait-il pleuré ? Installé comme un animal dans une cage, avait-il connu le désespoir ? Ou bien était-il éberlué par ces événements qui dépassaient tout ce qu'il connaissait, s'étant retiré dans son propre monde de fantasmes particuliers, trouvant le réconfort dans le contact familier d'un couvre-lit, des perles placées par sa mère à son cou ?

Un garde surgit des ténèbres.

— Monsieur ?

— Le Paradisa. Conduisez-moi.

Il était plein d'hommes et de femmes qui emplissaient l'air d'une gaieté tendue. Preleret dorlotait un verre dans un coin. Il surprit le regard de Dumarest, finit sa boisson et sortit. Cinq minutes plus tard, Dumarest le rejoignait.

Dans la brume, il lui dit :

— Va chercher Tambolt. Le gamin est ici. Je l'ai vu. Je vais le faire sortir.

Le bâtiment était verrouillé et probablement gardé, dans un secteur enveloppé par le brouillard. Mais Heeg ne devait pas avoir confié son secret à beaucoup de gens. Il se pouvait aussi qu'il se montre un peu trop confiant, prévoyant sans nul doute d'empocher l'argent et de garder l'enfant.

En attendant le retour des autres, Dumarest sonda les lieux. Une femme éclata d'un rire sensuel. Il y eut un craquement et l'écho d'une respiration haletante. Un bruit de course emplit l'air d'un pot-pourri de sons.

Une machine déversa à proximité un flot de parfum douceâtre.

Il s'arrêta, l'air perdu, jurant en se tournant.

— Il y a quelqu'un ici ? J'ai besoin d'aide.

Une ombre se solidifia en un garde.

— Monsieur, je suis à votre ser...

La voix suave s'interrompit lorsque Dumarest lui enfonça le poing dans l'estomac. Il frappa une deuxième fois à la nuque quand l'homme se plia en deux. Il n'était pas mort mais resterait inconscient une bonne heure. Dumarest lui arracha les lunettes, les chaussa et se releva avec la matraque à la main. Autour de lui, le terrain de la Sumba prit brutalement vie.

C'était un tableau en camaïeu vert, les personnes bien nettes devant les arbres et les bâtisses. D'autres gardes longeaient les allées sonores. Dumarest en suivit un, leva le bras pour le saluer quand il se retourna. Equipé de lunettes, d'une matraque et de vêtements gris, il n'éveilla pas les soupçons de l'homme. Quand celui-ci eut pris conscience de son erreur, il était trop tard. Dumarest en assomma un troisième et rejoignit avec lunettes et matraques l'endroit où Preleret et Tambolt l'attendaient en clignant des yeux dans la brume.

— Prenez ça. Restez à l'écart des allées et suivez-moi. Si quelqu'un essaie de nous stopper, abattez-le avant qu'il ait pu donner l'alerte.

Le bâtiment où il avait vu l'enfant se trouvait un peu à l'écart du complexe principal auquel il était relié par un passage couvert. C'était une bâtisse basse au toit presque plat, hexagonale et dotée de murs blancs et de deux portes. Dumarest passa devant celle par où il était sorti et s'arrêta à l'autre. Elle était à l'opposé des bâtiments principaux, face à un étang logé dans une pelouse en pente. Plus loin se dressait le mur d'enceinte.

Un bruit de verre qui tinte leur parvint de l'autre côté de la maison.

— Vite ! chuchota Dumarest. Sur le toit !

Deux gardes apparurent à l'angle au moment où ils se pressaient contre le chéneau. Leur voix était assourdie par la brume.

— Ça me semble inutile. Personne ne vient jamais par ici, la nuit. Rien à voir ni à faire.

Son compagnon haussa les épaules.

— Heeg a dit de monter la garde, alors on monte la garde. Peut-être qu'il a peur que quelqu'un tombe dans l'étang.

— Tu penses, on l'entendrait. J'ai du prenchet, tu en veux ?

— Eh bien... Rien qu'un peu alors. Un tiers de gousse.

Ils passèrent et Dumarest se détendit un peu. Il chuchota à Tambolt :

— Reste ici et fais le guet. On y va avec Preleret.

Le toit était couvert de larges tuiles minces en terre cuite et ne possédait ni trappe ni aucune ouverture. Dumarest se plaqua dessus, l'oreille contre la surface glacée. Il se déplaça, écouta et se déplaça de nouveau. Un léger bourdonnement en bas, une machine quelconque, un appareil pour éliminer la brume dans la maison. Il prit le poignard dans sa botte et en inséra la pointe entre les tuiles, souleva et glissa les doigts dans l'ouverture.

Preleret vint à la rescousse pour ôter la plaque et la déposer sans bruit sur le côté. De l'air chaud jaillit par le trou. Dessous, une surface nue, la masse bourdonnante d'une machine. A son côté, une trappe d'accès. Elle donnait sur une pièce aux reflets éclatants. Dumarest sauta, Preleret le suivit, les images scintillant tout autour d'eux lorsqu'ils ôtèrent leurs lunettes.

— Un labyrinthe, murmura Preleret. Des miroirs partout. Qu'est-ce que c'est que ce truc ?

Un amusement pour ceux qui aimaient ça. Des mirages artificiels obtenus électroniquement pour que ceux qui entraient ici soient entourés par une variété de scènes toujours changeantes. Ils erraient, tournaient, déroutés par les surfaces réfléchissantes, désorientés et trompés par ces images multiples.

Les appareils étaient actuellement au repos et seuls demeuraient les miroirs qui reflétaient leur image sous une douzaine d'angles. Il devait y avoir des passages qui reliaient entre elles diverses pièces. Et dans l'une d'elles se trouvait certainement Jondelle.

Dumarest remit ses lunettes. Les reflets disparurent et furent remplacés par le vert des ultraviolets. Une tache plus claire brillait dans un halo de lumière. Un être vivant qui irradiait de la chaleur. La boule devait être l'enfant et le halo la pièce où il se trouvait.

— Là, dit-il à Preleret. Remets tes lunettes et tu le verras. A environ vingt mètres.

— Vingt ? (Preleret parut dubitatif.) Plutôt trois.

Dumarest se retourna en levant ses lunettes. Preleret ne regardait pas dans la bonne direction. Il plongea, le plaqua au sol au moment où un trou se formait dans le miroir devant lequel il s'était tenu.

— Earl ! Qu'est-ce...

Le miroir se fracassa en une pluie de cristaux étincelants. Heeg Euluch s'encadra dans l'ouverture.

— Je m'attendais à quelque chose de ce genre. Eh bien, on dirait que j'ai eu raison de surveiller mon investissement. (Il leva la main droite qui tenait un laser.) Dommage que tu n'aies pas joué franc jeu.

— Trente mille, dit rapidement Dumarest. Appuie sur cette gâchette et c'est ce que tu perdras.

— On supplie ?

— On raisonne. (Dumarest se releva et se tourna de façon à dissimuler la matraque sur le côté.) On parle argent. Tu aimes l'argent, Heeg. C'est pour ça que tu as tué pour avoir le gosse, pour ça que tu ne veux pas que tes associés sachent ce que tu détiens. Ils voudraient une part du gâteau et tu ne veux pas la leur donner. Trente mille rien que pour toi. Oui ?

— Non.

Le laser se déplaça un peu, passant de Dumarest à Preleret pour revenir à Dumarest. L'arc de cercle s'élargit lorsque Dumarest s'écarta doucement de son compagnon.

— C'est le bout de la route pour vous deux. Tu vas y passer le premier. (Le laser se pointa sur Preleret.) Et ce sera ensuite ton tour, quand tu m'auras donné quelques petites explications. (Le pistolet se braqua sur Dumarest.) Et tu vas parler, ça je te le promets.

Dumarest lança sa matraque.

Elle étincela et tournoya tandis qu'il bondissait de côté, entra en collision avec le laser et l'arracha de la main du géant. Avant qu'elle ait touché le sol, Dumarest était sur lui, le poignard remontant vers le ventre. Il déchira le tissu jaune de la tunique et s'arrêta contre la cotte métallique. Il ne s'était pas attendu à cela.

Il sauta en arrière comme les mains gigantesques se tendaient vers ses yeux, sentit l'impact de quelque chose de solide, puis tomba en une pluie de verre fracassé. Il se releva au moment où Heeg essayait de reprendre le laser, et le couteau, telle une extension de son bras, alla se loger dans la gorge noueuse.

Froidement, il regarda le géant mourir.

— Quelle rapidité, fit Preleret.

Il avait récupéré le laser et fixait Dumarest avec stupéfaction.

— Je savais que tu étais rapide, mais pas tant que ça. (Il considéra Heeg.) Tu as essayé de l'étriper. Tu aurais pu lui trancher la gorge dès le début, mais tu as essayé de l'éventrer. Pourquoi, Earl ?

Une ferme détruite, une femme tuée, un enfant enlevé, des ouvriers massacrés par des diables d'importation. Jasken mort, les autres, tout ce sang versé par appât du gain.

— Il l'a cherché, répondit froidement Dumarest. Maintenant, trouvons le petit.

Un cube solide était fixé par des étais au milieu d'un labyrinthe de miroirs soigneusement alignés. Un loquet fermait la porte. Il le força et poussa le panneau. Il s'ouvrit pour révéler une chambre minuscule, un lit, une chaise unique, la petite silhouette d'un enfant très pâle qui leva ses yeux écarquillés.

— Earl ! Est-ce bien toi ?

— Jondelle !

Il vint se jeter dans les bras de Dumarest qui avait mis un genou à terre pour le recevoir contre sa poitrine.

— Tu vas bien ?

— Oui, Earl. (La voix était étouffée.) Je me sentais très seul et j'avais peur, mais je savais que tu viendrais me sauver. Je le savais. (Foi suprême des enfants qui donnent à leurs héros des attributs divins.) Est-ce qu'on rentre à la maison ?

Ils allaient remonter sur le toit où les attendait Tambolt. Ils redescendraient pour passer par-dessus le mur d'enceinte, le laser prêt à abattre toute opposition, la chaloupe parée à les emporter vers la sécurité.

— Oui, répondit Dumarest. On rentre à la maison.

CHAPITRE XIX

Le vin était tel qu'il en avait le souvenir, rouge, doux, rassasiant, mais il semblait posséder désormais une saveur nouvelle qui le rendait impossible à boire. Dumarest déposa le verre à pied tandis que Akon Batik se mettait à parler.

— Une conclusion heureuse à une dangereuse entreprise, Earl. Vous avez une excellente raison de vous estimer satisfait. Davantage peut-être que vous n'en avez conscience. Maintenant, si vous voulez bien me laisser me charger de cette transaction, le maximum de profit sera obtenu pour tous.

— Non, répondit Dumarest. L'enfant n'est pas à vendre.

— Mais... (Le joaillier s'interrompit, puis haussa les épaules.) Question de terminologie. Vous pouvez naturellement prétendre à une récompense pour ce que vous avez accompli. Pour vos dépenses et les risques que vous avez courus. Ceux qui s'intéressent au jeune garçon ne se montreront pas ingrats. Je pense que cinq mille stergals est une somme qui ne serait pas excessive. Je vous les donnerai... à réception de l'enfant, bien entendu, et je les récupérerai par la suite.

— Non. (Dumarest considéra son vin.) Vous avez fait allusion à une proposition, la première fois que nous nous sommes rencontrés. Un travail à faire. Est-il toujours disponible ?

— Non, malheureusement.

— Le besoin n'existe plus ? (Dumarest haussa les épaules.) Bien sûr que non. Neema est désormais en sécurité. Elle n'a plus besoin de personne pour venir l'arracher à Melevgan. C'était là votre proposition, n'est-ce pas ? Je devais aller la secourir pour que vous puissiez faire un gros bénéfice sans le moindre risque. Le salaire, les joyaux... vous êtes un homme malin, Akon Batik.

— Je profite des opportunités, Earl. Si c'est cela être malin, alors je dois confesser ce défaut. Mais vous admettrez qu'en ce qui vous concerne, je vous ai rendu service.

— Tambolt, acquiesça Dumarest. Un homme que vous m'avez envoyé parce que vous pouviez l'utiliser. Mais je pense qu'il était bien plus que cela. Votre agent qui devait surveiller le déroulement des opérations, qui travaillait pour votre compte. Malheureusement, vous ne le connaissiez pas parfaitement. Tambolt vendrait père et mère pour de l'argent. (Il ajouta :) Je pense qu'il s'imagine que je l'ai abusé. Je lui avais promis la moitié de ce que j'obtiendrais pour l'enfant... c'est-à-dire la moitié de rien du tout. Il a dû se contenter du tiers des bénéfices annexes, comme prévu.

— La récompense...

— Je ne suis pas allé chercher Jondelle pour une récompense ! J'y suis allé parce que... mais peu importe.

— Une promesse, dit tout simplement le bijoutier. Votre parole. Je suis parfois stupéfait par la stupidité des hommes. Que représentait ce gosse pour vous ? Pourquoi risquer votre vie pour le récupérer ? Il n'a jamais été véritablement en danger. Le temps aurait tout guéri. Un échange, comme vous l'avez dit, un transfert d'argent et il aurait été remis à qui de droit. C'était une simple question de négociation.

— Comme vous l'avez dit... une simple question de négociation.

— Exactement. Pourquoi donc vous priver de la possibilité de gagner de l'argent ? Cinq mille stergals, dix passages en Haut, une petite fortune. Nous buvons à notre accord ?

— Non, répondit Dumarest. Votre vin ne me plaît pas. Il a un goût que je n'encaisse pas.

— Un goût ? (Le joaillier fronça les sourcils.) Vous craignez un poison ?

Dumarest se leva et s'écarta du fauteuil sur lequel étaient peut-être braqués des lasers. Il fit froidement :

— Pas un poison... la vilenie. On ne peut en vouloir à quelqu'un qui suit sa nature, mais certains vont trop loin. L'argent devient leur dieu, leur seule raison d'être, et à ce moment-là ils cessent d'être humains. Ils ressemblent à ces créatures qu'on trouve sous les pierres qu'on vient de retourner. Des araignées au beau milieu d'une toile d'intrigues et de manipulations d'hommes et de femmes, d'arrangements, de sous-entendus, de propositions, d'actions qui sèment partout la désolation. Je devrais vous tuer. Je devrais vous enfoncer mon poignard dans la gorge, comme je l'ai fait pour Heeg Euluch. Vous avez organisé l'enlèvement avec lui. Vous avez contacté Neema par radio. Peut-être qu'Elray vous a contacté le premier, ou bien c'est vous qui l'avez fait... ça n'a plus d'importance, maintenant. Comme vous avez essuyé un échec en ville, vous avez fait appel à de l'aide extérieure. Des chaloupes rapides, des hommes prêts à tout, des agents à votre solde. A moins que vous n'ayez tout prévu dès le début en cas d'échec initial.

« Vous êtes malin et intelligent... et vous méritez de mourir. Mais je ne vais pas vous tuer. Ce n'est pas la peine. Le temps s'en chargera bien assez vite. Vous êtes vieux, Akon Batik. Trop vieux pour avoir droit à une mort rapide et miséricordieuse. Attendez donc que vos membres raidissent et que vos facultés faiblissent. Jusqu'à ce que quelqu'un vous traite peut-être exactement comme vous traitez autrui.

A l'extérieur, l'air était pur, revigorant après la bauge où résidait le joaillier. Dumarest héla un taxi qui le conduisit à l'hôtel. C'était le meilleur de Sargone. Neema vint à sa rencontre quand il entra dans la suite. Elle était radieuse, son bras était guéri, et elle portait une robe impeccable qui la couvrait du cou aux chevilles.

— Preleret s'en est allé, Earl. Il a pris sa cassette et sa femme et un billet en Haut. Pour Rodyne, je pense. Il m'a dit que tu n'aimais pas les remerciements mais qu'il t'adressait quand même les siens.

— Brave type. Il sera heureux.

— Comme moi.

— A Urmile ?

— Sur un autre monde. J'en ai assez d'Ourelle, Earl. Maintenant que tu n'as plus besoin de moi pour m'occuper du petit... (Elle marqua une pause et demanda tout doucement :) Earl ?

Il hocha lentement la tête.

— Non, Neema.

— Il fallait que je te le demande. (Elle parvint à sourire.) Tu n'es pas le genre d'homme à te laisser retenir par une femme. Je le sais, mais je devais faire une tentative. Tu as vu le joaillier ?

— Oui, mais je n'ai rien appris de neuf. Je crois que j'ai perdu mon sang-froid. Ce fut peut-être une erreur, mais je n'ai pas pu m'en empêcher.

— Tu l'as tué ?

— Non.

— Alors, tu n'as pas perdu ton sang-froid. Tu lui as

simplement appris quelques petites choses qu'il aurait dû savoir. Et peut-être as-tu vérifié quelques détails que tu soupçonnais. (Elle s'approcha et posa la main sur son bras.) Je vais partir. L'enfant se trouve dans l'autre pièce avec le moine et les siens. Je ne pense pas que je te reverrai jamais, mais je penserai souvent à toi. Alors, adieu, mon chéri, et puisse la fortune t'être propice au moindre pas.

— Et puisse ta vie être emplie de joie.

Elle lui fit un unique baiser, puis elle partit, laissant la pièce bizarrement vide, un soupçon de parfum flottant dans l'air comme si elle était devenue un fantôme désincarné qui le hantait de vagues regrets de ce qui aurait pu être.

Une femme, un foyer, un fils, peut-être, comme Jondelle. Dumarest poussa un long soupir et entra dans la pièce voisine où l'enfant attendait avec les deux autres.

Il était assis au bord du lit, très occupé par les perles qu'il passait entre ses doigts, les portant à l'oreille comme pour écouter des voix oubliées. Des jouets étaient éparpillés à côté de lui. Une créature pelucheuse aux yeux brillants et au nez en trompette arborant un sourire aussi large que lui. Un astronef démontable. Un colorscope qui affichait des dessins interminables sous la simple pression d'un bouton. Des livres, des cubes de plastique transparent qui contenaient diverses images, un couteau.

Jondelle le leva et le jeta maladroitement contre l'oreiller. La lame en plastique plia et n'abîma pas le tissu.

— Un jour, Earl, je saurai le lancer comme toi.

— Un jour, fit-il.

— Et plus personne ne pourra m'enlever. On ne fera plus de mal à des gens comme Elray et Makgar. (Sa lèvre inférieure trembla un peu.) Je les tuerai s'ils essaient. Oh, Earl. Pourquoi ont-ils fait ça ? Pourquoi ?

Dumarest tint contre lui le petit corps tremblant de l'enfant qui avait perdu son langage d'adulte et pleurait maintenant à chaudes larmes.

— Tout va bien, Jondelle. Tout va aller très bien à partir de maintenant. Les vilains souvenirs vont s'effacer. Tu as fait des cauchemars, n'est-ce pas ? Eh bien, parfois la vie est comme un cauchemar. On oublie les cauchemars et l'on oublie aussi les malheurs. C'est donc cela qu'il faut que tu fasses. Tu me le promets ?

— Je te le promets.

— Bien. Va maintenant te laver le visage avec Frère Elas.

— Tu seras encore là quand je vais revenir ?

— Oui.

Il se leva quand le moine fit sortir l'enfant et regarda les autres pour la première fois. Un homme et une femme d'un certain âge, tous deux blonds, les yeux bleus, l'air d'être frère et sœur.

— Tharg Hamsen, dit l'homme en tendant la main. Et ma femme, Wilma.

Dumarest prit la main et la serra.

— Vous connaissez l'ancienne coutume ; parfait. (L'homme sourit, puis redevint plus grave.) Parler de remerciements en de telles circonstances revient à prononcer des paroles vides de sens. Vous avez retrouvé notre petit-fils... que puis-je dire ?

— Rien.

Le regard de Dumarest passait de l'un à l'autre et notait les similarités, les marques révélatrices de la consanguinité. Consanguinité sélective, très courante sur de nombreuses planètes, visant à un but particulier. Mais ils n'auraient pas choisi Makgar comme femme pour leur fils. Elle avait été totalement différente de ce qu'ils eussent accepté pour entrer dans leur clan. Il fit prudemment :

— Votre fils a dû vous poser un sérieux problème.

— Jak ? (L'homme fronça les sourcils.) Non, c'était

un brave garçon. Je ne comprends pas ce que vous voulez dire.

— Tu es borné, Tharg. (Sa femme, avec son intuition féminine, avait saisi ce que voulait dire Dumarest.) Earl fait preuve de délicatesse. Mais vous vous trompez, mon ami. La femme que vous connaissiez sous le nom de Makgar n'était pas la mère de Jondelle. Elle l'avait porté, certes, mais si Jak avait fourni la graine, elle n'avait pas donné l'œuf. Vous comprenez.

— Une mère porteuse ?

— Oui. L'œuf fertilisé pris dans le sein d'une femme et implanté dans celui d'une autre. Tharg ?

— Jak et May se trouvaient sur Veido en voyage de noces et pour leur travail. Ils ont eu un accident de voiture de sol... peu importent les détails. Jak a été tué instantanément, May mortellement blessée, et avec elle allait mourir l'enfant. L'enfant et les gènes précieux qu'il portait ! (Il marqua une pause, haletant, puis continua sur un ton plus calme.) Peut-être ne pouvez-vous comprendre. Comme vous le constatez, nous pratiquons les mariages consanguins, ce qui tend à causer un certain degré de stérilité. Jak était notre fils unique, le dernier de sa lignée. Si ses gènes se perdaient, c'était le recul d'un programme sur un nombre d'années inconnu. Le travail de cent générations perdu à cause d'un mauvais tour du destin. Je...

— Ils étaient en rapport avec un établissement scientifique de Veido, continua Wilma. Kamar Ragnack — Makgar — était une technicienne attachée au département médical. C'était une amie de May et elle a accepté l'implantation dans sa matrice de l'œuf fertilisé. Cela a été fait. May est morte. Le temps a passé et le bébé, Jondelle, est né. Il est essentiel au bien-être d'un nouveau-né de rester avec sa mère ; nous avons donc fait en sorte qu'elle puisse résider avec lui dans une maisonnette près de la ville. Puis, un jour, la femme a disparu en emportant le bébé.

Dumarest demanda :

— Y a-t-il eu utilisation de la force ?

— Nullement.

La femme regarda ses mains. Elle serrait les poings. Elle les desserra lentement.

— Je la comprends. En tant que mère, je la comprends. Et Jondelle n'était pas un enfant normal. Il a été engendré pour posséder une réaction de compassion élevée, trait de survie que nous jugeons très important. Kamar ne pouvait supporter d'être séparée de lui. Elle le voulait à son côté, elle voulait le garder pour toujours. Réaction déjà normale chez toute femme envers un enfant né de son corps. Je comprends... mais il ne m'est pas facile de pardonner.

— Six années, dit péniblement Tharg. A poser des questions, à effectuer des recherches, à offrir des récompenses. C'est très long.

Suffisamment long pour que des hommes comme Akon Batik flairent l'appât. Pour qu'Elray prenne conscience de la valeur de ce qu'il avait. Pour qu'un foyer soit détruit et qu'un enfant devienne un simple pion.

— Pouvait-il exister une autre raison pour que Makgar enlève l'enfant ? Pour le protéger, peut-être ?

— De qui ? De nous ?

Un soupçon qui l'habitait perpétuellement lui fit demander :

— Y a-t-il des cybers sur Veido ?

— Oui, répondit Tharg.

— Et sur votre propre monde ?

— Sur Kreem ? Non.

— Vous avez intérêt à vous assurer qu'il n'en vienne jamais. Le Cyclan s'intéresse à tous les avantages potentiels. Un enfant engendré pour posséder les qualités que vous dites lui serait fort utile. Enfin, vous l'avez retrouvé... prenez bien soin de lui.

— Est-il utile de nous le recommander ? (L'homme

poussa un soupir.) Je comprends. La galaxie est pleine d'ennemis et pourquoi Jondelle n'en aurait-il pas sa part ? Mais il sera protégé ; n'ayez nulle crainte. Nous savons nous occuper des nôtres. Nous savons aussi récompenser ceux qui nous aident.

— De l'argent, dit la femme. Et bien davantage. Quelque chose dont vous appréciez la valeur plus encore que le prix de quelques passages en Haut. Frère Elas nous a parlé de votre quête. Il l'a apprise à partir des dossiers d'Espoir. Peut-être pourrons-nous vous aider à retrouver votre patrie.

— La Terre ?

— Un monde légendaire, fit paisiblement Tharg. Certains y croient, d'autres non. Il en est qui sont convaincus qu'elle est le berceau de la race humaine. Un lieu qu'ils ont fui sous la terreur. (Sa voix se fit caverneuse, pleine d'échos de tambours.) Sous la terreur ils ont fui pour aller s'installer ailleurs, là où ils pourraient expier leurs péchés. Ce n'est que lorsqu'ils auront été purifiés que la race de l'Homme pourra être réunie.

Le credo du Peuple Original. Dumarest se détourna de la fenêtre et les fixa, pris soudain de soupçons. Ces gens faisaient-ils partie du Peuple Original, de ce culte particulier ? Si tel était le cas, ils ne l'admettraient jamais et il perdrait tout espoir d'obtenir de nouveaux renseignements s'il insistait un peu trop. Ils en avaient déjà trop dit, s'ils suivaient leurs coutumes antiques.

— J'ai étudié les anciennes légendes, expliqua Tharg. D'après ce que j'ai pu apprendre, la Terre doit se trouver quelque part dans le septième décan. C'est une planète qui orbite autour d'un soleil jaune de type G. Il ne devrait pas être trop difficile de louer un ordinateur qui détermine la position d'une étoile de ce genre dans ce secteur.

Un nouvel indice à ajouter à tous les autres. Le

dernier, peut-être, pour résoudre le problème de l'emplacement de la planète où il était né.

La porte de la salle de bains s'ouvrit et Frère Elas fit entrer Jondelle dans la pièce. C'était l'heure des adieux.

— Je me demandais si tu serais encore ici, Earl. Mais tu m'en avais fait la promesse. Earl, peux-tu nous accompagner ?

— Non.

Dumarest mit un genou à terre et reprit le petit garçon contre sa poitrine.

— J'ai d'autres choses à faire, Jondelle, et toi aussi.

— Est-ce que je te reverrai ?

— Peut-être. Qui sait ce que nous réserve l'avenir ? Mais je me souviendrai toujours de toi.

— Et moi de toi, Earl.

Il recula, bien droit, ses épaules carrées se découpant devant le lit et les jouets que ses grands-parents lui avaient apportés. Les gens qui lui donneraient tout l'amour et la sécurité dont il avait besoin. Tout ce à quoi avait droit un enfant. Il tendit la main, geste bizarre qu'il avait appris récemment.

— Adieu, Earl.

Dumarest prit la petite main et la serra.

— Adieu, fiston.

Derrière la fenêtre s'étendait la ville et le spatioport avec ses vaisseaux qui allaient l'emporter. Ils semblaient flous et Dumarest présuma qu'il devait pleuvoir.

Achevé d'imprimer en octobre 1987
sur les presses de l'Imprimerie Bussière
à Saint-Amand (Cher)

— N° d'édit. 11720. — N° d'imp. 2174. —
Dépôt légal : novembre 1987.

Imprimé en France